Rafik Schami:
Der erste Ritt durchs Nadelöhr
Noch mehr Märchen,
Fabeln & phantastische Geschichten

Deutscher
Taschenbuch
Verlag

dtv

Von Rafik Schami
sind im Deutschen Taschenbuch Verlag erschienen:
Das letzte Wort der Wanderratte (10735)
Die Sehnsucht fährt schwarz (10842)

Mai 1988
Deutscher Taschenbuch Verlag GmbH & Co. KG,
München

ISBN 3-89029-156-2
Umschlaggestaltung: Celestino Piatti
Gesamtherstellung: C.H. Beck'sche Buchdruckerei,
Nördlingen
Printed in Germany · ISBN 3-423-10896-7

Das Buch

Anknüpfend an die Tradition der ›Märchen aus Tausendundeiner Nacht‹ entführt Rafik Schami den Leser in eine bunte und bezaubernde Märchen- und Fabelwelt voller Geister, Könige, Riesen und kluger sprechender Tiere. Doch das ist nur die eine Seite. Hinter all den spannend und heiter erzählten Geschichten schimmert immer ein Stückchen von uns und unserer Realität durch. Rafik Schami »lehrt uns anhand seiner Phantasiegeschichten, das Leben zu genießen und gegen alle Einengungen aufzubegehren; er führt uns die friedliche Koexistenz des Einandervertrautmachens vor, zeigt, wie wir uns mit viel Einfallsreichtum Feinde vom Leib halten können und – in einer Fabel um Eifersucht und Anpassung –, daß man in die Falle geraten kann, wenn man eine einmal gewonnene Freundschaft zugunsten einer nur scheinbaren aufgibt. Seine Lektionen werden nie mit erhobenem Zeigefinger vorgetragen, sie kommen vielmehr in märchenhafter Verkleidung daher.« (Lutz Tantow in der ›Zeit‹)

Der Autor

Rafik Schami, 1946 in Syrien geboren, lebt seit 1971 in der Bundesrepublik. Verschiedene Arbeiten auf Baustellen und in Fabriken. Studium der Chemie mit Promotionsabschluß. Seit 1982 freier Schriftsteller. Veröffentlichungen in Zeitschriften und Anthologien. Mitbegründer der Reihe Südwind-Literatur und des Literatur- und Kunstvereins »Polikunst«, lebt in Kirchheimbolanden. Werke u.a.: ›Andere Märchen‹ (1978), ›Das Schaf im Wolfspelz‹ (1982), ›Luki – die Abenteuer eines kleinen Vogels‹ (1983), ›Das letzte Wort der Wanderratte‹ (1984), ›Der Fliegenmelker‹ (1985), ›Eine Hand voller Sterne‹, ›Malula. Märchen und Märchenhaftes aus meinem Dorf‹ (1987).

Inhalt

*Für Mahmud El-Haj
und Dan Diner*

Die Homsianer

Hast du schon mal von Homs gehört? Ich glaube nicht! Wenn es dich interessiert, kannst du im Atlas Syrien suchen und dort, etwa in der Mitte des Landes, die Stadt Homs entdecken.

Was du aber findest, besagt nicht viel. Es ist nur ein Punkt auf der Landkarte.

Würdest du vermuten, daß viele Leute die Bewohner dieser Stadt für vollkommen verrückt halten? Und weshalb? fragst du. Ich will es dir erzählen.

Vor langer, langer Zeit hatten die Homsianer einen ganz anderen Ruf. Weltweit galten sie als besonders gescheit und schlau. Könige, Handwerker, Bauern und Händler holten sich bei den Homsianern Rat. Die Stadträte, gewitzt wie gute Händler nun mal sind, beschlossen, Geld für die Ratschläge zu verlangen. Eine Stelle im Rathaus nahm die Fragen entgegen, gab sie an die Gescheitesten der Stadt weiter, holte die Antworten ein und verlangte von den Ratsuchenden einen festen Preis. Für Gemüseanbau kostete der Rat zehn Goldstücke und für ein glückliches Leben gar hundert. Nur Kinder bekamen die Antworten auf alle ihre Fragen kostenlos.

Die Kunden standen Schlange, und das Geld, das eingenommen wurde, verwendete der Rat der Stadt für den Bau von Straßen, Schulen und öffentlichen Bädern. Homs erblühte zu einer Perle der Städte.

Jahr für Jahr stellten sich einige der gescheitesten Leute zur Wahl des Bürgermeisters. Die Homsianer versammelten sich auf dem größten Platz der Stadt und feierten den ganzen Tag. Sie sprachen miteinander über ihre Probleme, tranken und aßen. Gegen Abend stieg ein Kandidat nach dem anderen auf eine kleine Tribüne, aber nicht, um eine schöne Rede zu halten, sondern um den Männern und Frauen Antworten auf deren Fragen zu geben. Die Versammelten hörten sich aufmerksam die Antworten an. Spät in der Nacht trafen sie dann ihre Entscheidung. Die Homsianer feierten mit den Verlierern und wünschten dem Sieger Geduld; denn um kluge und schlaue Bürger zu regieren, braucht man vor allem Geduld.

Eines Tages wollte ein Lehrer Bürgermeister werden. Er stieg auf die Bühne und beantwortete ruhig und weitsichtig alle Fragen. Er hatte eine gute Chance, sein Ziel zu erreichen, bis ein Kind ihm eine Frage stellte. Darüber geriet er in Zorn, denn er war Lehrer, und manche Lehrer lassen sich nicht gerne von ihren Schülern prüfen. Er weigerte sich also, die Frage des Kindes zu beantworten, was ihm die Homsianer sehr verübelten.

»Wenn er die Fragen unserer Kinder nicht beantworten will, wie kann er dann ihre Probleme verstehen?« murmelten viele und entschieden sich für einen Metzger, der viel geduldiger war.

Voller Groll verließ der Lehrer die Stadt. Er entschloß sich, den König des Nachbarreiches aufzusuchen, der berühmt wegen seiner unstillbaren Gier auf die Ländereien der benachbarten Reiche war. Doch trotz seiner vielen Kriege gegen seine Rivalen war er nicht mächtiger geworden.

»Der Orontes, Majestät, das ist der Grund«, sagte der Lehrer vor dem König kniend. »Der Fluß ist verzaubert, und wer sein Wasser trinkt, wird klug und weise. Er ist der einzige Fluß weit und breit, der vom Süden in den Norden fließt.«

Der Lehrer traf mit seinen wenigen Worten eine alte Wunde des Königs, denn der Herrscher glaubte seit langer Zeit, daß seine Minister, Offiziere, Handwerker und Soldaten die dümmsten seien; wie sonst sollte er seine Mißerfolge erklären. Er wunderte sich insgeheim darüber, wie er selbst nur hatte übersehen können, daß der Orontes tatsächlich vom Süden in den Norden fließt.

Alle Flüsse der Gegend nehmen ihren Lauf vom Norden in den Süden. Der Euphrat und der Tigris sind die größten, aber hundert kleinere Flüsse fließen, der Regel der Natur gehorchend, vom Norden nach Süden. Nur der Orontes trotzt diesem Gesetz.

»Wie konnte ich bloß übersehen«, fragte sich der König, »daß der Orontes im Volksmund ›der Rebell‹ heißt?« Wütend über seine eigene Dummheit schaute er den Lehrer an und überlegte, daß dieser kluge Verräter das Geheimnis auch an andere Könige verkaufen könnte.

Und so grausam, wie Könige nun mal sind, ließ er den Lehrer den Löwen zum Frühstück vorwerfen.

Danach blies der König seine riesige Armee zusammen und zog in den Krieg gegen die Stadt Homs. Er fürchtete insgeheim eine Niederlage, weil seine Generäle ihm davon abgeraten hatten, die Stadt der Gescheiten anzugreifen. Aber der König war entschlossen und gab den Befehl zum Abmarsch. Als er Homs erreichte, wunderte er sich, daß ihm keine Armee entgegentrat. Die Homsianer waren weise, sie brauchten keine Streitkräfte.

Der König zog durch das offene Haupttor in die Stadt ein und staunte über die Menschen, die die Straßen säumten. Sie lachten über die schwitzenden Soldaten, die trotz des Hochsommers ihre schweren, gepanzerten Uniformen trugen. Als die Homsianer erfuhren, was der König wollte, wälzten sie sich gar vor Lachen.

»Soll er doch den Fluß leersaufen, er wird nur dümmer!« riefen sie den erschöpften Männern des Königs zu. Der König ließ das Lager am Fluß aufschlagen und gab den Soldaten den strengen Befehl, nur noch Brot und das Wasser des verzauberten Flusses zu sich zu nehmen.

»Bei Wasser und Brot zu sitzen, ist ja schlimmer als im Gefängnis«, riefen die Homsianer belustigt, und nach einem Tag wiederholten die Soldaten diesen Spruch.

»Euch steht das Wasser ja bis zum Hals«, lachten die Homsianer am dritten Tag, und die Soldaten verstanden es, denn sie fühlten sich mit ihren aufgeblähten Bäuchen bereits wie wandelnde Flaschen. Nach ein paar Tagen hatten viele Soldaten Durchfall und die Nase voll. Sie jagten ihren König zum Teufel und zogen blaß und entkräftet in ihre Heimat zurück.

Alsbald sprach sich das Geheimnis des rebellischen Flusses herum, und jeder König der benachbarten Reiche suchte sein Glück am Ufer des verzauberten Orontes. Die Homsianer fanden dies nach einiger Zeit aber nicht mehr lustig. Die Felder wurden zertrampelt, und das Wasser reichte nicht mehr, um die Felder zu bewässern.

So beschwerten sich die Homsianer bei ihrem Bürgermeister. Dieser berief sofort den Stadtrat zu einer wichtigen Sitzung ein und stellte eine knappe, seitdem bekannt gewordene Frage: »Was tun?«

Der Chemiker schlug vor, Gift ins Wasser zu kippen, aber der Bürgermeister winkte ab.

Der Priester besann sich lange und rief plötzlich: »Die schönste Frau sollten wir dem Orontesgott opfern, damit er das Wasser umgekehrt fließen läßt.«

Der Bürgermeister zog die Augenbrauen zu einem vernichtenden Blick zusammen, und der Priester sank in seinem Stuhl zusammen.

Der Bauunternehmer brachte den Vorschlag ein, hohe Mauern um Homs zu bauen.

Der Bürgermeister war mit seinem Stadtrat überhaupt nicht zufrieden.

»Wir verkaufen den anderen weise Ratschläge, aber wenn es um uns geht, kommt ihr mit so dummen Lösungen«, sagte er vorwurfsvoll.

Traurig ging er nach Hause. Er wollte weder essen noch trinken. Der Kummer der Bauern quälte ihn, denn er war ein guter Bürgermeister, dieser Metzger. Die Sorgen seiner Stadt nahm er sich so zu Herzen, daß er nicht schlafen konnte.

Als die Hähne krähten, hörte der Bürgermeister endlich auf, im Zimmer hin und her zu laufen. Er schloß die Tür leise auf, damit er seine schlafende Frau nicht weckte, und ging zum Flußufer.

In der Morgendämmerung lag das Heer noch im Schlaf. Einige Soldaten schoben Wache, da sie aber nichts zu befürchten hatten, setzten sie sich um ein kleines Feuer herum und lachten über einen Verrückten der Stadt Homs, der im Fluß stand und mit einem Eimer das Wasser gen Norden schüttete, als wollte er den Fluß mit dem Eimer zur Umkehr zwingen. Der Bürgermeister beobachtete lange den Verrückten. Plötzlich erhellte sich sein Gesicht. »Ich habe es!« rief er laut durch die Straßen und Gassen. Die Markthändler, die gerade ihre Kisten auf dem Rathausplatz aufbauten, wunderten sich über ihren Bürgermeister, der immer wieder »Ich habe es!« rief und atemlos ins Rathaus rannte. Nach ein paar Minuten eilte der Hausmeister über den Platz und berichtete den Neugierigen hastig: »Eine wichtige Sitzung. Die Stadträte müssen kommen, der Bürgermeister hat die Lösung gefunden.«

Verschlafen und mürrisch hörten die zwölf Abgeordneten der Stadtbezirke den Plan des glücklichen Vorsitzenden.

»Wir werden verrückt!« sprach dieser langsam und entschlossen.

Zuerst dachten die Räte, er wäre wirklich verrückt geworden, aber als der gescheite Bürgermeister seinen Plan erklärte, lachten sie laut und spendeten lebhaft Beifall.

Von Haus zu Haus und Straße zu Straße ergingen die Anweisungen. Und der Tag neigte sich noch nicht seinem Ende, als alle Homsianer Bescheid wußten.

Am nächsten Tag zog die ganze Stadt, die alten und die jungen Homsianer, lärmend zum Fluß. Sie sangen und klatschten, als hätten sie alle einen Preis gewonnen. Jeder von ihnen hielt einen Löffel in der Hand. Am Fluß angekommen, stürzten sie sich sogleich in das flache Wasser, schöpften es mit ihren Löffeln und schleuderten es gen Norden.

»Was machen die denn?« fragte der König erregt. Er traute seinen Augen nicht.

»Wir wollen den Fluß umleiten«, antworteten die Homsianer im Chor.

»Mit den Löffeln? Sind die denn alle verrückt geworden?« staunte der König. Als er aber sah, daß viele seiner Soldaten sich zu den Homsianern gesellten, um ihnen mit ihren Löffeln zu helfen, ließ er schnellstens zum Abmarsch blasen.

Wenige Tage später reiste bereits der nächste König von weit her an, doch das, was er sah, erschreckte ihn so sehr, daß er nicht einmal sein Lager aufschlagen ließ. Unzählige Homsianer standen mitten im Fluß und schälten Zwiebeln und Kartoffeln. Sie legten die Schalen behutsam auf das Wasser, das sie davontrug. Dennoch schälten die Homsianer fleißig weiter.

»Was macht ihr denn?« fragte der König entsetzt.

»Wir bauen einen Damm!«

»Einen Damm aus Zwiebel- und Kartoffelschalen?«

»Na klar! Wenn die Schalen zu Früchten werden und die Früchte zu Zwiebel- und Kartoffelbäumen heranwachsen, bilden die breiten Stämme der Bäume einen Damm«, rief der Bürgermeister und lachte.

»Nein, hier bleiben wir nicht! Reingelegt hat man uns, um uns verrückt zu machen!« rief der König zornig und gab den Befehl zum Rückzug.

Ein paar Monate hatten die Homsianer Ruhe, aber dann, es war an einem Dienstagabend, sahen sie in der Ferne Staubwolken. Alle wußten, daß wieder einmal ein König auf dem Weg nach Homs war. Die berittene Armee würde schon am nächsten Vormittag die Stadt erreichen.

In ihren festlichen Kleidern feierten die Homsianer am frühen Morgen des nächsten Tages auf der großen Wiese vor dem Haupttor der Stadt. Sie tranken, tanzten und waren ziemlich ausgelassen.

»Was ist denn hier los?« fragte der König empört. »Seht ihr nicht, es ist Krieg!«

»Heute ist Sonntag, und wir führen am Sonntag keine Kriege, tut mir leid!« lallte ein alter Homsianer.

»Es ist doch heute nicht Sonntag«, brüllte der Mathematiker des Königs. Er holte einen Taschenkalender heraus. »Hier steht es! Heute ist Mittwoch!«

»Ja, aber der Mittwoch ist in Homs Sonntag«, erwiderte der alte betrunkene Mann.

»Und was ist dann der Sonntag?« belustigte sich der König.

»Ein Sonntag«, antwortete der alte Homsianer.

»Ist jeder Tag Sonntag in Homs?« wollte der König wissen.

»Nein, das nicht«, antwortete der alte Mann ernst.

»Was ist denn der Montag?«

»Der Montag ist Mittwoch in Homs«, erklärte der Mann.

»Und der Dienstag?« fragte der Mathematiker verwirrt.

»Ganz klar, nach dem Mittwoch kommt Freitag!« sagte der alte Homsianer bestimmt.

»Das gibt es doch nicht! Und wie nennt ihr den Donnerstag?«

»Den Donnerstag gibt es in Homs nicht, dieser Tag ist leer.«

»Und der Samstag?«

»Der bleibt ganz klar ein Samstag.«

»Also noch mal«, sagte der König und kratzte sich am Kopf, »der Montag ist Mittwoch und der Dienstag Freitag, der Mittwoch ist Sonntag, dann kommt ein leerer Tag, dann folgt ... ja, was ist denn der Freitag?«

»Freitag ist Dienstag, Eure Majestät!« ergänzte der alte Mann leise.

»Ja, gewiß, Freitag ist Dienstag, und der Samstag ist Samstag, dann folgt der zweite Sonntag. Und was ist heute für ein Tag?«

»Der Mittwoch, Euer Ehren!« Der Mathematiker rang verzweifelt die Hände.

»Das ist aber Sonntag, du Idiot!« brüllte der König seinen Mathematiker an.

»Aber, Euer Majestät, der kommt erst nach Samstag«, widersprach der Mathematiker leise.

Die Soldaten kümmerte der Streit bereits nicht mehr. Sie hatten den Mittwoch zum Sonntag erklärt, ihre Waffen zu Boden geworfen und waren zu den Homsianern übergelaufen, um gemeinsam mit ihnen zu feiern. Als der König das merkte, machte er sofort kehrt.

Die Homsianer jedoch hatten von da an Ruhe und konnten wieder ihre Felder bestellen, denn es hatte sich schnell bei den Königen herumgesprochen, daß das Wasser des Flusses die Bewohner der Stadt verrückt gemacht hatte.

Die Homsianer aber spielen vor Fremden bis heute verrückt, und nur, wenn sie der Freundschaft eines Fremden sicher sind, verraten sie ihm ihr Geheimnis. Behüte du es also auch als Geheimnis unter Freunden.

Anfangs mag einigen Lesern manches rätselhaft erscheinen, jedoch bei genauerem Hinschauen wird das für Erwachsene schwere Rätsel kinderleicht.

ERSTENS ...

Sie ist in Arabien geboren, aber inzwischen in allen Ländern der Erde zu Hause. Sie macht oft Politik, und ohne sie kommt kein Computer aus. Ihre Artgenossen verachten sie. Wenn sie sich aber zu ihnen stellt – vor allem auf die richtige Seite –, dann fühlen sie sich großartig und mächtig.

WIE HEISST SIE?

Das Schwein, das unter die Hühner ging

Auf einem alten Bauernhof lebten viele Hühner und Schweine. Sie lebten dort sehr glücklich. Es gab immer genug zu essen und zu trinken. Der Hahn hatte einen prächtigen Misthaufen, auf dem er jeden Morgen die Sonne mit seinem »Kikeriki« begrüßen konnte, und die Schweine hatten eine große schlammige Pfütze, in der sie sich nach dem Mittagessen genüßlich suhlen konnten.

Die Hühner und die Schweine waren sehr höflich zueinander. Wenn sie einander begegneten, sagten sie »Guten Tag, Herr Nachbar« oder »Wie geht es Ihnen, Frau Nachbarin?« Und abends riefen sie »Gute Nacht!«, bevor sie in ihren Ställen schlafen gingen. Aber trotzdem spielte kein Huhn jemals mit einem Schwein. »Ein Schwein kann nicht einmal über den Zaun fliegen«, dachten die Hühner, obwohl viele Schweine in Wirklichkeit davon träumten, eines Tages fliegen zu können.

Hin und wieder ärgerte sich der Hahn über ein Schwein, wenn es versuchte, vom Misthaufen auf den Hof hinunterzurutschen, dabei kopfüber auf die Nase purzelte und den ganzen Misthaufen durcheinanderbrachte.

Auch die Schweine spielten nie mit den Hühnern. Kein Huhn konnte verstehen, wieso die Schweine sich um die Wette im Schlamm wälzten.

»Nein, meine Federn werden schmutzig. Wir Hühner mögen keine dreckigen Federn«, antwortete deshalb jedes Huhn schnippisch, wenn ein Schwein es zum Spielen einlud. Die Hühner wollten auch nie »Schubsen« spielen, sie hatten Angst, zerquetscht zu werden.

»Was können sie denn außer dem blöden Eierlegen und Fliegen?« ärgerten sich dann die Schweine und wandten sich grunzend ab.

Manches Huhn wiederum wollte auch so kräftig wie ein

Schwein werden, aber so sehr es auch Körner aufpickte, nie wurde ein Huhn so schön rund und kräftig.

Dennoch waren die Hühner sehr zufrieden mit ihrem Leben, und wenn nicht ab und zu ein gemeiner Fuchs durch das kaputte Fenster in ihren Stall geschlichen wäre und eine ihrer Schwestern gerissen hätte, wären sie die glücklichsten Hühner der Welt gewesen.

Die Schweine hatten natürlich keine Angst vor dem Fuchs, und so waren sie alle rundherum zufrieden.

Alle?

Nein! Das Schwein Theophil war unglücklich! Theophil hatte von Geburt an eine schneeweiße Haut und nicht so eine rosige wie alle anderen Schweine. Deshalb wurde er von den anderen ausgelacht. Wenn die Schweine Versteck spielten, wurde Theophil immer als erster gefunden, so sehr er sich auch bemühte, still hinter einem Busch zu stehen. Nur einmal blieb er lange unentdeckt. Es war Winter und überall lag Schnee. Theophil stand ganz still und lächelte zufrieden vor sich hin. Als aber der Hund kam und Theophil für einen Stein hielt, sein Beinchen hob und pinkelte, quiekte Theophil entsetzt. Die anderen Schweine wälzten sich vor Lachen.

»Theophil ist ein Hundeklo!« riefen sie im Singsang, und seit diesem Tag wollte kein Schwein mehr mit ihm spielen. Auch dann nicht, wenn Theophil sich wie die anderen im Schlamm gewälzt hatte. »Ach Gott, wie drekkig du bist!« Die das riefen, waren zwar genauso dreckig, aber bei Theophil sah man den Schmutz sofort.

So blieb Theophil oft allein und träumte von einer Welt voll weißer Schweine.

Eines Tages sah Theophil ein altes Huhn verschreckt gackernd aus dem Stall rennen. Der Hahn hatte es wütend verjagt, begleitet vom wilden Gekeife der anderen Hühner. »Elende Henne! Du sollst selber Eier legen!« Und noch vom Misthaufen herab verfluchte der Hahn das ängstliche Huhn als Dieb.

Keuchend erreichte das alte Huhn die ferne Ecke, in die sich Theophil bereits zuvor zurückgezogen hatte.

»Na, was hast du denn angestellt?« brummte Theophil gutmütig.

Das alte Huhn holte tief Luft und schüttelte den Kopf. »Ach, nicht der Rede wert, ich bin alt geworden und kann keine Eier mehr legen. Wenn der Bauer das erfährt, wirft er mich in den Topf. Wir sind vierzig Hühner, habe ich ihnen gesagt, und wenn jede Nachbarin mir ab und an ein Ei gibt, wird der Bauer nichts merken.«

»Wie denn? Kann er nicht zählen?«

»Der Bauer zählt die Eier nicht, mal sind es fünfundzwanzig, mal neunundzwanzig. Es macht ihm nichts aus. Wenn er aber sieht, daß bei mir immer ein Ei fehlt, dann wird er mir nicht einmal mehr das Wasser zum Trinken geben, und dann ...« Das Huhn fing bitterlich an zu weinen.

»Ach so!« rief Theophil entsetzt.

»Ich habe ihnen gesagt, ich könnte ihren Küken Märchen erzählen, wenn sie keine Zeit für sie haben«, schluchzte das alte Huhn, »aber diese Dummköpfe haben mir nicht einmal zugehört. Der Hahn hat mich verstoßen, sie mögen mich alle nicht mehr!« Eine Träne kullerte aus seinen traurigen Augen.

»Ach was, mir macht es nichts aus. Ich mag dich, auch wenn du keine Eier legst. Wie heißt du denn?«

»Lila!« antwortete das Huhn. »Magst du mich wirklich?« fragte es dann leise.

»Ja, klar, wenn ich es dir sage! Komm, wir spielen zusammen!« rief Theophil, und die beiden spielten vergnügt den ganzen Tag.

»Schaut her! Schaut her! Der Theophil ist übergeschnappt, er hat ein Huhn als Freundin!« Die Schweine schüttelten verständnislos den Kopf.

»Tja, was habe ich gesagt«, krähte der Hahn. »Sie ist verrückt geworden, kein Wunder bei dem Alter! Schaut euch nur die dreckigen Federn an. So ist es, wenn ein Huhn ein Schwein zum Freund hat.«

Die Hühner fielen natürlich sofort in das Gezeter des Hahnes ein. Aber das machte den beiden Freunden gar nichts aus. Sie erfanden immer neue Spiele und kamen an diesem Tag aus dem Lachen nicht mehr heraus.

Als es Abend wurde, beschlossen beide, draußen auf dem Hof zu bleiben. Sie versteckten sich im Heu, bis der alte Bauer die Stalltüren abgeschlossen und sich mit schweren Schritten ins Haus begeben hatte.

Es war Vollmond. Theophil und Lila saßen auf dem Misthaufen und schauten den Mond, die Sterne und die Felder an. Sie erzählten sich Geschichten, von ihren Träumen und spürten nicht, wie schnell die Zeit verging. Als es wieder dämmerte, versteckten sie sich tief im Heu. Bald öffnete der Bauer die Türen, der Hahn krähte, aber Theophil und Lila schnarchten in ihrem Versteck bis zum Mittag. Von Tag zu Tag und von Nacht zu Nacht verstanden sie sich besser.

Eines Nachts schauten beide tief in Gedanken versunken in die Ferne. Der Vollmond hatte die Felder wieder mit seinem schönen, silbernen Glanz überzogen. Theophil und Lila konnten sich kaum sattsehen am prächtigen Bild dieser Landschaft. Plötzlich schreckte Lila auf. Sie reckte sich, um besser sehen zu können, und wirklich, jetzt sah sie ihn, den Fuchs! Vor lauter Aufregung bekam sie Schluckauf.

»Was machst du denn für komische Geräusche? Hast du dich verschluckt?« fragte Theophil.

»Der Fu. . ., der Fu. . ., der Fuchs«, stotterte Lila.

»Du brauchst doch keine Angst vor dem Fuchs zu haben! Ich bin doch bei dir«, beruhigte Theophil sie stolz.

»Ja, aber die anderen . . .«, flüsterte Lila leise. Alle Federn standen ihr zu Berge.

»Komm, ich habe eine Idee«, sagte Theophil und erklärte Lila seinen Plan. Beide kicherten leise und eilten zum Hühnerstall. Lila stieg auf Theophils Rücken und zog den Riegel auf. Und während Theophil vorsichtig in den Hühnerstall schlüpfte, rannte Lila zurück zum Schweinestall, flatterte leise durch das zerbrochene Fenster in den Stall hinein und versteckte sich unter der Fensterbank. Kein Schwein hatte es bemerkt, aber drüben im Hühnerstall wachte der Hahn auf, als Theophil auf dem Weg zum Fenster auf eine Schüssel trat.

»Jetzt bringt dieses verrückte Huhn auch noch das Schwein mit nach Hause«, rief der Hahn verärgert und die Hühner gackerten zustimmend.

»Psssst! Seid doch leise! Der Fuchs ist draußen«, flüsterte Theophil.

»Oh Gott, der Fu..., der Fuchs«, krächzten die Hühner ängstlich.

Der Fuchs erreichte den Hühnerstall und wollte wie gewohnt durch das kaputte Fenster schleichen, doch er bekam einen Riesenschreck, als er Theophil dahinter erblickte.

»Na, alter Fuchs! Wie geht's, wie steht's?« fragte Theophil den verdutzten Fuchs.

»Ach, danke, es geht so, aber sage mal, was machst du denn hier? Das ist doch ..., das ist doch der Hühnerstall!«

»Nein, hier wohnen jetzt wir. Die Hühner sind in den anderen Stall gezogen«, antwortete Theophil laut.

Drüben fing Lila an, leise zu gackern.

»Ich danke dir«, sagte der Fuchs erleichtert, als er das verräterische Gackern hörte. »Ich wußte nicht, daß Schweine den Füchsen helfen, wenn ich das meinen Freunden erzähle, wird keiner mir glauben.«

»Oh, doch«, erwiderte Theophil. »Aber paß auf, die Hühner sind dicker geworden.«

»Na, das ist ja prima! Ich habe riesigen Hunger.« Dem Fuchs lief das Wasser im Mund zusammen. Er machte kehrt, lief über den Hof und sprang mit einem Satz in den dunklen Stall hinein ...

Die Schweine quiekten erschreckt auf, rannten blind im Stall umher und trampelten den Fuchs nieder. Und jedesmal, wenn er sich gerade wieder aufrappeln wollte, wurde er erneut von einem Koloß zu Boden geworfen. Der Fuchs schrie so entsetzt und schmerzerfüllt um Hilfe, daß alle Hühner lachten. Denn sie hatten in dieser Nacht zum ersten Mal keine Angst mehr vor dem Fuchs.

»Verfluchter und verhexter Hof! Die Hühner sind zu Schweinen geworden!« Mit größter Mühe hatte sich der Fuchs aus dem Fenster ins Freie gerettet, machte sich davon und schwor laut, diesen Hof nie wieder zu betreten.

»Ich sagte dir doch, sie sind dicker geworden«, klang Theophils Stimme noch lange schadenfroh in seinen Ohren.

Der Hahn aber bedankte sich bei Theophil und Lila. Er war beschämt, daß er Lila beschimpft hatte, bloß weil sie keine Eier mehr legen konnte. Und die Schweine waren stolz auf ihren Theophil, der den schlauen Fuchs reingelegt hatte. Jetzt wollten sie alle mit ihm spielen, aber er spielte weiterhin am liebsten mit Lila.

»Am besten ist es«, rief er übermütig, aber auch ein wenig stolz seinen neuen Freunden zu, »jede Sau befreundet sich mit einem Hahn und jedes Huhn mit einem Schwein!«

Babs befreit das Lachen

Ich habe schon viele Geschichten erfunden, diese aber nicht! Ein alter Mann hat sie mir erzählt, und ich habe sie aufgeschrieben.

An einem kalten, aber sonnigen Samstagnachmittag ging ich – wie so viele andere – spazieren. Nach einem langen Weg wollte ich mich etwas ausruhen und setzte mich auf eine Bank neben einen alten Mann.

Der einfach gekleidete Mann lächelte die vorübergehenden Leute freundlich an und scherzte mit den Kindern, als hätte er sie alle gekannt. Nach einer Weile drehte er sich zu mir: »Ich kenne dich«, sagte er und strahlte. »Du schreibst doch Kindergeschichten, nicht wahr?«

Ich nickte verdutzt, denn ich kannte den Mann überhaupt nicht.

»Dann hör dir mal die wahre Geschichte von Babs an und erzähle sie den Kindern weiter«, sagte er und erzählte mir die Geschichte von einem Mädchen. Eine komische Geschichte!

Während er erzählte, kam ein kleiner Dackel angelaufen und schnupperte an meinen Schuhen. Ich streichelte ihn und hörte dem Mann zu. Plötzlich wurde es still. Ich drehte mich zum alten Mann, um ihn zu fragen, wo nun Babs lebt. Doch er war verschwunden.

Ich erschrak. Hatte ich eigentlich geträumt oder richtig gehört?

Ich habe diese komische Geschichte natürlich nicht geglaubt, aber am nächsten Tag fuhr ich mit der Straßenbahn, und da passierte etwas. Da wurde mir siedend heiß, und ich wußte auf einmal genau, daß die Geschichte von Babs wahr ist. Ich bin nicht mehr einkaufen gegangen, sondern nach Hause zurückgefahren. Ich setzte mich hin und schrieb die Geschichte so auf, wie der alte Mann sie mir erzählt hat.

Und wenn ihr die Geschichte lest oder hört, werdet ihr sie auch komisch finden, ja ich wette, ihr werdet sie auch nicht glauben. Aber wenn ihr mit der Straßenbahn, mit dem Bus oder dem Zug fahrt, werdet ihr einmal genau wie ich rufen:

Die Geschichte von Babs ist doch wahr!

Babs war ein kleines Mädchen. Sie trug gerne Kordhosen und weite, bunte Pullover. Eine Brille mit runden Gläsern und rotem Gestell saß auf ihrer kecken, mit Sommersprossen übersäten Nase. Babs lebte mit ihrem Vater, ihrer Mutter und der kleinen Katze Fifi in einem kleinen Haus. Das Haus hatte ein rotes Ziegeldach und einen kleinen Garten, in dem ein großer Apfelbaum stand. Babs war ein lustiges Mädchen. Sie lachte gerne und laut. Jedesmal aber, wenn sie lachte, bekamen ihre Eltern Angst.

»Leise doch!« fauchte ihr Vater sie dann an.

»Sei still, sonst hören dich die Nachbarn!« beschwichtigte ihre Mutter sie ängstlich.

Babs konnte aber nicht verstehen, warum ihre Eltern eine solche Angst bekamen, wenn sie froh war und lachte.

In dem Land, in dem Babs lebte, herrschte ein König. Er hieß König Spassenix. Er war beileibe nicht so streng wie die anderen Könige.

Wenn die Fischer ihn fragten, ob sie aufs Meer hinausfahren dürften, um Fische zu fangen, so antwortete König Spassenix:

»Macht, was ihr wollt. Ich will aber jeden fünften Fisch haben.«

Die Fischer verneigten sich dann dankbar und eilten zum Meer.

Wenn die Bauern König Spassenix fragten, ob sie Schweine statt Kühen züchten dürften, so antwortete er leise:

»Meinetwegen, ich will aber jedes fünfte Ferkel haben«, und die Bauern waren zufrieden.

Nicht nur die Bauern und Fischer, auch die Metzger, Friseure, Schneider und Händler waren zufrieden, weil König Spassenix ihnen fast alles erlaubte.

Nur eins konnte der König nicht ausstehen: das Lachen.

Weshalb und warum, das wußte niemand, aber wenn auch nur ein einziges Lächeln den Mund der Königin umspielte, wurde er rot vor Wut.

Dreihundertfünfundsiebzig Männer horchten im Land rund um die Uhr jedes Lachen aus. Sie hießen »die Lauscher« und waren gefürchtet; denn wenn sie jemanden beim Lachen erwischten, warfen sie ihn ins Gefängnis, und König Spassenix ließ keine Gnade walten.

Babs ging gerne zur Schule, und wenn sie morgens auf dem Weg zum Unterricht hüpfend und lachend sang, weil sie sich freute, dann schauten die Passanten sie grimmig an und schüttelten erbost den Kopf.

»Das tut man nicht!« schimpften einige. Aber wenn Babs sie fragte: »Warum denn nicht?«, gaben sie keine Antwort, sondern blickten vorsichtig um sich und eilten davon.

In der Schule hingen überall Schilder, auf denen in großen Buchstaben stand: LACHEN VERBOTEN!

Nur Kami lachte genauso gerne und laut wie Babs. Kami war ein überaus lustiger Junge und sah ganz anders aus als die anderen Kinder. Einen Wuschelkopf hatte er und ganz große schwarze Augen.

Als Babs ihm sagte, sie wünsche sich so schöne schwarze Locken wie seine, lachte Kami und erwiderte, er hätte sich schon immer so seidiges blondes Haar, so glatt und weich wie ihres, und eine einzige Sommersprosse wie die siebzehn auf ihrer Nase gewünscht.

Zu Hause rannte Babs gleich zu einem Spiegel und zählte ihre Sommersprossen. Es waren tatsächlich siebzehn.

Die Eltern von Kami kamen aus einem fernen Land. Er erzählte Babs viel von seinem Dorf und dem kleinen Esel, den sein Vater damals hatte. Er soll der schnellste Esel im ganzen Dorf gewesen sein.

Kami erzählte viel, und Babs fand seine Geschichten zum Schreien lustig und lachte mit ihm. Sie erzählte aber auch viel von ihrer Katze Fifi und was diese alles so anstellte, und Kami lachte mit ihr genauso darüber.

»Kannst du nicht lesen?« rief der Lehrer wütend, als Kami wieder einmal laut auf dem Schulhof lachte.

»Doch – doch«, rief er, »aber ich kann auch lachen!« Kichernd rannte er davon.

Eines Tages fuhr Babs mit ihrer Mutter durch die Stadt. Die Mutter wollte einkaufen, und Babs saß neben ihr im großen Bus. Sie schaute durch das Fenster und beobachtete die Passanten auf dem Bürgersteig.

Plötzlich sah sie einen kleinen Rauhhaardackel. Der Dackel rannte mit einer Bratwurst im Maul zwischen den vorbeieilenden Passanten hindurch. Ein dicker Metzger lief verärgert dem Dackel hinterher. Babs lachte laut.

Die Fahrgäste im Bus drehten sich empört zu ihr um, und ihre Mutter wurde blaß. Sie legte schnell die Hand auf den Mund ihrer Tochter und schaute sie ängstlich bittend an. Seit diesem Tag nahm ihre Mutter sie nicht mehr mit zum Einkaufen.

Auch in die Werkstatt ihres Vaters durfte Babs nicht mehr wie früher gehen. Ihr Vater war Schmied, und Babs war so gerne in die Werkstatt gegangen, um zuzuschauen, wie er das glühende Eisen mit dem Hammer bearbeitete. Babs ging aber auch gerne in die Werkstatt wegen Onkel Schnurrbart.

Onkel Schnurrbart war ein großer, kräftiger Mann, er kam wie Kami aus einem fernen Land, hatte wie er schwarze Haare und einen großen Schnurrbart.

Als Babs noch sehr klein war, konnte sie seinen Namen

nicht aussprechen. Das war kein Wunder, denn er hieß Muhammad Abdulkader Abu Schanab. Er erklärte ihr, daß sein Nachname nichts weiter bedeutet als »der Schnurrbärtige«. Seit diesem Tag nannte Babs ihn »Onkel Schnurrbart«, und er lachte, weil er Babs doch sehr mochte.

Jedesmal, wenn sie zu ihm kam, bastelte er ein Spielzeug aus Draht für sie. Er lachte und scherzte mit dem Mädchen. Onkel Schnurrbart erzählte Babs aber auch spannende Märchen von Räubern, Drachen und Hexen. Unerschöpflich viele Geschichten wußte er, die er einfach so erzählte, ohne ein Buch in der Hand zu halten, anders als ihre Mutter das abends tat.

Eines Tages aber sagte ihr Vater: »In der Werkstatt haben Kinder nichts zu suchen!«

Als Babs trotzig fragte: »Warum nicht?«, antwortete er nicht.

Babs wurde traurig, weil sie Onkel Schnurrbart nicht mehr sehen durfte.

So freute sich Babs nur noch, wenn sie zur Schule ging und heimlich mit Kami lachen konnte, denn Kami hatte keine Angst. Er lachte, wann immer ihm danach war, obwohl überall große Schilder »LACHEN VERBOTEN« hingen.

Nicht einmal vor dem strengen Mathelehrer hatte er Angst, und als dieser ihn am Dienstag fragte: »Was macht 11 und 11?«, rief Kami: »Fußball!« und lachte laut. Einige Schüler grinsten hinter der vorgehaltenen Hand, aber der Lehrer klopfte an die Tafel und zeigte dann auf das Schild, und die Schüler mußten laut lesen: »Lachen verboten.« Das Lachen verschwand schnell aus ihren Gesichtern, nur Kami wagte es noch, er lachte und rief:

»Lachen die Sachen? Verboten die Noten!« und lachte noch lauter.

Plötzlich ging die Tür auf. Zwei große »Lauscher«,

wie sie der König durchs Land schickte, traten in das Klassenzimmer. Sie trugen beide die gleichen hellen Regenmäntel, Sonnenbrillen und Hüte. Babs schaute ängstlich auf die Männer und stupste Kami an, aber der lachte immer weiter, als hätte Babs ihn gekitzelt.

Die Lauscher traten sofort auf ihn zu, faßten ihn schweigend an der Schulter und führten ihn mit grimmigen Gesichtern aus der Klasse.

Babs hatte Angst, und als sie nach Hause kam, lief sie sogleich zu ihrer Mutter und erzählte ihr davon.

»Das hat er nun davon«, sagte die Mutter. »Hoffentlich schicken sie ihn wieder zurück. Der Arme! Er ist ja noch ein Kind.« Sie schüttelte voll Mitleid den Kopf, denn auch sie hatte Kami gern.

»Aber warum haben diese bösen Kerle Kami denn weggebracht?« wollte Babs ungeduldig wissen.

»Kind, du bist jetzt alt genug, um es zu verstehen: Der König kann es nicht leiden, wenn die Leute lachen. Das bringt ihm und uns Unheil.«

»Aber warum denn?« fragte Babs.

»Das ist so, Kind«, stöhnte die Mutter, »das ist einfach so.«

Babs ging nicht mehr hüpfend und fröhlich in die Schule, denn Kami kehrte seit jenem Tag nicht mehr zurück. Die anderen Jungen und Mädchen lachten nie, sie fanden alles, was Babs erzählte, langweilig.

So vergingen die Tage, und Babs spielte nur noch mit Fifi.

Eines Tages saß Babs auf der Schwelle der Haustür und schaute ihrer Katze zu. Fifi kroch unter eine alte Schürze und kämpfte mit einem eingebildeten Feind. Sie rannte hin und her, machte Bocksprünge und verwickelte sich in den Schürzenbändern.

Babs brach in lautes Gelächter aus. Plötzlich hielt ein Wagen vor der Gartentür. Babs erschrak und starrte die zwei großen Ringe über dem Wagendach an, die sich langsam drehten.

Ein großer Mann sprang aus dem Wagen und stieß die Gartentür auf. Er trug einen hellen Regenmantel, einen Hut und eine Sonnenbrille.

»Du bist es also, die den ganzen Nachmittag lacht«, rief der Mann zornig.

Babs bekam Angst, denn ihre Eltern waren zu Besuch weggefahren. Sie wollte ins Haus rennen und die Tür hinter sich verriegeln, aber da sprang Fifi aus ihrer Ecke hervor und rannte fauchend auf den Mann zu.

Babs rannte hinter ihr her, sie wollte sie einfangen und wieder ins Haus flüchten, aber da spürte sie eine kräftige kalte Hand.

»Laß mich los«, schrie Babs, wand sich unter dem eisenharten Griff und trat mit den Füßen, aber der Mann hob sie wie einen Sack hoch, trug sie zum Wagen und warf sie auf den Rücksitz. Fifi entglitt ihren Händen und verkroch sich unter dem Fahrersitz.

Das Auto raste durch die Stadt, erst am Schloßtor hielt der Fahrer an. Einer der Wächter schaute grimmig prüfend ins Auto hinein, dann gab er ein Zeichen, und der Fahrer fuhr auf einen großen Hof.

Große Schilder hingen über den Eingängen der Häuser, die den Hof umsäumten. »Küche – Schwimmbad – Reitstall – Vorratskeller«, konnte Babs lesen. Vor einem Glashäuschen, in dem ein Wächter saß, hing über einer eisernen Tür ein Schild mit dem Wort »Gefängnis« darauf. Babs las es gerade, als der Lauscher sie weiterstieß. Sie stolperte über eine kleine Treppe zu dem Bau, der als einziger kein Schild trug.

Babs lief vor dem Lauscher durch einen unheimlichen Gang. Er war sehr schmal und hatte kein einziges Fenster zum Hof. Die Wände waren weiß gestrichen, und das Licht der Neonlampe ließ Babs zittern. Endlich erreichte sie eine Tür am Ende des Korridors.

»Halt!« rief der Lauscher und hielt sie an der Schulter fest. Er klopfte an die Tür. »Herein!« hörte Babs jemanden rufen, der Lauscher machte die Tür auf und schob Babs vor sich her.

Der Raum war wie der Gang sehr hell, weiß gestrichen und hatte keine Fenster. Ein kleiner, beleibter Mann mit stechenden Augen saß hinter dem Tisch. Rechts und links von ihm standen zwei große Wächter in weißen Anzügen. Sie hatten die Arme vor der Brust verschränkt. In der rechten Hand trug jeder von ihnen eine große Peitsche.

»Du kannst wieder gehen«, rief der Mann. Der Lauscher verneigte sich und kehrte um.

»Setz dich«, brummte der Mann, und Babs setzte sich auf einen kleinen Stuhl vor dem Tisch.

»Warum lachst du immer?« fragte der Mann grollend. Babs zitterte vor Kälte, als strömte ein eisiger Wind aus dem Mund des Mannes.

»Ich – ich mag lachen.«

»Haben deine Eltern dir nicht gesagt, daß König Spassenix das Lachen verboten hat?« Einen Kälteschauer trugen die scharfen Worte zu ihr hinüber.

»Doch – doch ...«, erwiderte Babs leise und klammerte sich an Fifi.

Der Mann hinter dem großen Tisch redete lange und lauthals auf Babs ein, aber sie verstand kein Wort.

Sie zitterte vor sich hin, hielt Fifi fest, die immer wieder aus dem Raum hinauslaufen wollte, und schielte ab und zu zu den beiden Wächtern hin, die stumm wie zwei Säulen dastanden.

Endlich hörte der Mann zu reden auf, schlug ein Buch auf, in dem die Verdienste der Untertanen verzeichnet waren, schaute hinein und schüttelte den Kopf.

»Nur weil deine Eltern noch nie gegen ein Verbot verstoßen haben, und weil dein Vater den König durch ein Geschenk erfreut hat, lassen wir dich diesmal laufen. Du sollst aber sehen, was denen passiert, die nichts Besseres zu tun haben, als dumm zu lachen, und unseren geliebten König Spassenix ärgern.«

Er winkte mit der Hand, und die beiden Wächter kamen auf Babs zu. Sie führten sie aus dem Bau zum Hof hinaus. Dort atmete Babs erleichtert auf.

Sie folgte den Wächtern, die quer über den Hof zum Gefängnis gingen. Sie hielten vor dem Glashäuschen und klopften an die Tür, auf der in großen, roten Buchstaben geschrieben stand:

WACHRAUM! BETRETEN FÜR UNBEFUGTE VERBOTEN!

Der Mann im Wachraum beachtete die Wächter überhaupt nicht. Er telefonierte gerade.

Babs mußte lange warten, sie schaute durch die Glastür auf den großen Tisch mit den vielen bunten Knöpfen.

Endlich legte der Mann den Hörer auf, gähnte und drückte auf einen Knopf. Die Tür ging auf. Die Wächter schoben Babs in das Glashäuschen hinein.

»Was ist?« fragte der Mann barsch.

»Besuch!« antwortete der eine Wächter.

»In Ordnung!« nickte der Mann und nahm ein Heft in die Hand.

»Wie heißt du!« fragte er schneidend.

»Barbara.«

»Der Nachname?«

»Müller«, antwortete Babs und schaute zu Boden.

Die Wächter führten Babs wieder hinaus und warteten vor der eisernen Tür des Gefängnisses, bis der Türöffner summte. Babs schaute ängstlich in den finsteren langen Gang mit den Gefängniszellen. Sie hatte noch nie ein Gefängnis gesehen.

Hinter dem Gitter der ersten Zelle standen viele Männer. Ein alter Mann näherte sich und lächelte ihr zu.

»Wer bist du, meine Kleine?« fragte er. Babs schaute seine große Nase, seinen bemalten Mund und seine großen Wimpern an.

»Ich bin Babs«, sagte sie, »und du?«

»Ich bin Carlo, der Clown. Was für eine schöne Katze!«

»Was ist ein Clown?« fragte Babs.

Der alte Mann schaute sie verwundert an.

»Mein Gott! Weißt du nicht, was ein Clown ist?« staunte er.

Babs schüttelte den Kopf.

»Ein Clown ist ein Mensch, der Kinder sehr lieb hat und sie zum Lachen bringt!« antwortete der alte Mann.

»Zum Lachen?« fragte Babs erschreckt und ging weiter.

»Und du?« fragte Babs einen anderen. »Wer bist du?«

Er war kräftig und groß. »Ich bin der Gaukler Hans«, antwortete er.

»Und was ist ein Gaukler?« wollte Babs wissen, doch die Wächter schubsten sie weiter.

In der nächsten Zelle waren viele Frauen eingepfercht. Babs lernte eine Putzfrau, eine Sängerin und eine Lehrerin kennen. Sie wollte die Lehrerin fragen, warum sie wohl nicht zu ihnen in die Schule käme, aber die Wächter schoben sie weiter.

In der nächsten Zelle standen wieder viele Männer hinter dem Gitter. Sie lächelten Babs tröstend zu. Plötzlich sah sie Onkel Schnurrbart.

»Onkel Schnurrbart!« rief sie und wollte ihn durch das Gitter umarmen, aber die Wächter hielten sie zurück und zeigten auf ein Schild, auf dem zu lesen war:

GEFAHR! Besuchern ist verboten, sich dem Gitter zu nähern!

Fifi sprang Babs aus den Händen und eilte miauend zwischen den Gitterstäben hindurch zu Onkel Schnurrbart.

Fifi konnte das Schild nicht lesen, aber auch wenn sie das Schild hätte lesen können, hätte sie sich nicht darum gekümmert. Katzen schlüpfen durch alle offenen Türen,

Fenster und Gitter, ganz gleich, ob es ihnen erlaubt ist oder nicht.

Onkel Schnurrbart nahm Fifi und streichelte ihr das Fell.

»Gib die Katze her!« herrschte ihn der eine Wächter an.

»Warum? Du siehst doch, sie will bei mir bleiben, nicht wahr, Fifi?« Und als ob Onkel Schnurrbart Babs gefragt hätte, nickte diese.

»Nein, das ist verboten, gib sie her!« schrie der zweite Wächter.

»Schrei doch nicht so«, erwiderte Onkel Schnurrbart. »Erklär das der Fifi ruhig, sonst wird sie sauer und frißt dich auf. Sie ist nämlich ein kleiner Löwe. Nicht wahr, Babs?«

Babs nickte und lächelte, denn nur Onkel Schnurrbart nannte Fifi »mein kleiner Löwe«.

»Gib sie her, sage ich!« rief der erste Wächter wieder.

Da hörte Babs trotz des lauten Gezänks die Stimme Kamis, sie schaute um sich und sah eine kleine Hand aus dem Gitter am Ende des Ganges winken.

Sie eilte hin, und als sie Kami sah, versuchte sie ihn trotz der Gitterstäbe und trotz des Verbots zu umarmen.

»Das ist die Babs«, sagte Kami stolz zu den anderen, faßte sie am Kopf und küßte sie auf die Wangen. Babs hörte das Kichern der anderen Kinder in der Zelle und wurde rot.

»Grüß dich, ich bin der Andi«, rief ein rothaariger Junge. Er war größer als Kami und hatte ein Hemd mit viel zu kurzen Ärmeln an.

»Und ich bin die Gabi«, sagte ein strohblondes Mädchen, das ein wenig älter zu sein schien als Babs. »Ich dachte, du bist viel größer, aber naja, der Kami übertreibt wohl gern ein bißchen.«

Babs schüttelte erst Andi, dann der Gabi die Hand, dann grüßte sie alle neunzehn Jungen und Mädchen, die mit Kami in der Zelle waren.

»Was machst du hier?« fragte Kami.

»Sie wollen mir zeigen – das heißt, ich soll sehen, was sie mit mir machen, wenn ich lache«, sagte Babs leise und schaute zu Boden. »Ich will aber so gerne mit dir spielen«, setzte sie hinzu und blickte Kami, der sie an der Hand faßte, ins Gesicht.

»Ich will es ja auch, aber ich kann hier nicht raus. Aber vielleicht kannst du zu mir kommen. Gestern habe ich davon geträumt.«

Babs sah zur Seite. Die Wächter standen am Gitter und schlugen mit der Peitsche in die Zelle von Onkel Schnurrbart hinein.

»Aber wie?« fragte Babs leise und zuckte beim Peitschengeknall der Wächter zusammen.

»Siehst du das Fenster da oben unter der Decke?« flüsterte Kami. »Ich sehe oft Schwalben dort vorbeifliegen und höre die Leute, wenn sie draußen an der Mauer stehen und laut reden. Vielleicht kannst du dort hinaufklettern?«

Gabi verdrehte die Augen.

»Das ist aber viel zu hoch! Wie soll sie hinaufklettern? Die Steine sind zu glatt.«

Doch bevor Kami etwas erwidern konnte, kamen die Wächter zurück.

»Hier ist deine verdammte Katze«, rief der eine Wächter und wischte sich Schweißtropfen von seiner Stirn.

»Jetzt haben wir genug Zeit verplempert. Los, raus hier!« rief der andere.

Dann begleiteten sie Babs hinaus auf den Hof.

Der eine Wächter setzte sich zu dem Mann im Glashäuschen, und der andere führte Babs zum Haupttor.

»Nun geh nach Hause und lache nie wieder, denn beim nächsten Mal bleibst du drin!« drohte er. Dann ging er zurück durch das Tor.

Babs atmete erleichtert auf. Gerade als sie dem Tor den

Rücken kehrte, sah sie, wie ein Auto mit zwei sich drehenden Ringen auf dem Dach auf das Tor zufuhr. Ein alter Mann saß auf dem Rücksitz zwischen zwei Lauschern und lachte, obwohl einer der Lauscher ihm den Mund mit der Hand zuhielt.

Der Vater wurde zornig, als Babs ihm erzählte, wo sie gewesen war. Ihre Mutter beruhigte ihn und sprach leise auf Babs ein. Sie habe Glück gehabt, daß sie noch einmal davongekommen sei, und das auch nur deshalb, weil sie nie gegen ein Verbot verstoßen hätten und weil ihr Vater im letzten Jahr dem König ein besonders schönes Geschenk gemacht habe.

»Aber Onkel Schnurrbart, Kami, Andi und Gabi haben doch auch nichts Böses getan. Warum holt Papa sie nicht aus dem Gefängnis?« fragte Babs.

»Aber Kind, das kann er nun wirklich nicht. Keiner kann das in diesem Land«, sagte die Mutter mit trauriger Stimme. »Es ist ja auch ihre eigene Schuld. Wie oft haben wir dem Onkel gesagt, er solle nicht laut lachen, wenigstens nicht bei offenen Fenstern und Türen. Aber er scherte sich nicht darum; er lachte immer wieder, bis sein Lachen lauter als die Hammerschläge auf dem Amboß klang. Da sind die Lauscher gekommen und haben ihn geholt.«

Als die Mutter an diesem Abend Babs vor dem Einschlafen etwas vorlas, merkte sie, daß Babs nicht zuhörte.

»Kind, du sollst an etwas Schönes denken«, sagte sie. »Denk einfach an morgen, da kannst du wieder in der Schule mit den anderen Kindern spielen.«

»Spielen macht keinen Spaß«, entgegnete Babs, »wenn man nicht mal dabei lachen darf . . .«

Babs drehte sich um und schloß die Augen, sie wollte nichts mehr hören. Die Mutter zog ihr die Decke über die Schultern, gab ihr einen Kuß, machte das Licht aus und ging ins Wohnzimmer, aber Babs konnte nicht schlafen.

Sie dachte an den Clown und an den Gaukler, an Gabi und die anderen Kinder, die ins Gefängnis mußten, weil sie gelacht hatten. Vor allem aber dachte sie an Onkel Schnurrbart und an Kami, der sie zum ersten Mal geküßt hatte.

»Nein«, dachte sie laut, »ich kann doch nicht lachen, wenn Kami im Gefängnis ist, nein, das kann ich nicht.«

Aber in der Nacht, im Traum, wo sie keiner hörte, da lachte sie. Der Clown hatte sie an der Hand gefaßt und war mit ihr im Gefängnis herumgesprungen, zwischen den Gitterstäben hindurch und um die Wächter herum, die sich nicht rührten und finster vor sich hin starrten. Der Clown lachte immerfort, und rote, gelbe und blaue Sterne sprudelten aus seiner breiten Hemdtasche und füllten das Gewölbe. Plötzlich verschwand das Gefängnis, und die Sterne stiegen in den klaren Himmel. Babs hüpfte mit dem Clown auf eine große Wiese. Die Wächter blieben auf ihren Hockern sitzen. Ihre roten Nasen wurden so lang wie Gurken. Mit finsteren Blicken riefen sie im Chor: »Brrr, brrr, es ist kalt.«

Am nächsten Tag ging Babs gleich nach der Schule zum Palast. Sie wollte durch das Tor gehen, da hielt sie ein älterer Wächter an.

»Wohin willst du?« fragte er etwas verdutzt.

»Zu Kami, meinem Freund. Ich will mit ihm spielen«, sagte sie leise.

»Wer ist denn dieser Kami? Wohnt er hier bei seiner Majestät?«

»Ja, er wohnt im Gefängnis und will mit mir spielen.«

Der Wächter zog seine Augenbrauen zusammen.

»Hm, das geht aber nicht, Kind. Im Gefängnis spielt man nicht.«

Babs bat den Mann, sie doch reinzulassen; sie versprach auch, nur leise zu spielen, aber der Wächter ließ nicht mit sich reden und schickte sie nach Hause.

Tag für Tag ging Babs nun zum Palast, immer wieder blickte sie auf die hohe Mauer. Oben waren viele Fenster. Welches Fenster ist es wohl? fragte sie sich. Sie zählte einhundertzwanzig Fenster.

Darüber war es dunkel geworden, und Babs kehrte müde heim. Nein, die Mauer ist viel zu hoch, überlegte Babs, und es sind viel zuviele Fenster. Gabi hat recht, dachte sie, so würde sie nie ins Gefängnis gelangen, um Kami wiederzusehen.

Am zehnten Tag jedoch war ihr Fifi, die Katze, gefolgt, denn Babs hatte beim Weggehen die Haustür nicht richtig zugemacht. Sie begleitete Babs aufmerksamer als sonst, so als würde sie ihren Kummer spüren.

Plötzlich sah Babs einen vollbeladenen Karren, der vor einer kleinen Tür anhielt. Zwei Bauernburschen stiegen vom Karren und fingen an, die Fässer und Säcke vom Karren in den Keller zu tragen.

Babs versteckte sich hinter dem Stamm einer alten Trauerweide und beobachtete die Burschen. Sie nahm Fifi auf den Arm, damit die Katze ihr Versteck nicht verriet.

Nach einer Weile machten die beiden Männer eine Verschnaufpause. Sie setzten sich auf das hintere Ende des Karrenbodens, ließen die Beine baumeln und redeten miteinander.

Babs huschte schnell aus ihrem Versteck; gebückt eilte sie an dem Karren vorbei in den Keller hinein. Der Raum war groß, Säcke, Fässer, Schinken und Käserollen füllten die großen Regale bis zum Deckengewölbe. Es war ziemlich dunkel, durch die Ritze einer hölzernen Tür am anderen Ende des Kellers kam ein wenig Licht in den Raum.

Babs versteckte sich hinter einem großen Weinfaß und wartete. Ihr Herz klopfte laut. Vom anderen Ende des Kellers hörte sie Stimmen und Rufe, die aus dem Hof des Palastes kamen. Nach einer kurzen Weile trugen die zwei

Männer wieder Säcke und rollten Weinfässer in den Keller hinunter.

Beinahe hätten sie Babs entdeckt. Fifi roch den Rauchfisch, und sie fing an zu schnuppern und zu miauen. Der jüngere Bursche stutzte und sagte, er habe soeben ein Miauen gehört. Er sei ganz sicher, daß das ein Miauen gewesen sei. Da schnauzte ihn der ältere an, was das ihn anginge, ob da nun eine Katze oder eine Maus im Keller ist. Sie müßten so schnell wie möglich fertig werden und nach Hause zurückkehren, bevor es dunkel wird.

Als beide ihre Ladung in den Keller verfrachtet hatten, riefen sie nach einem Wächter. Eine Weile herrschte Ruhe, doch dann hörte Babs, wie die Tür von außen verschlossen wurde.

Nun stand Babs auf und gab Fifi ein Stück vom Fisch, und die Katze verschlang es mit Genuß.

Babs eilte zur anderen Tür und schaute durch die Ritzen. Sie konnte sehen, daß diese Tür zum Hof führte, aber die Tür war verschlossen, Sie suchte nach einem Stück Eisen oder Holz, mit dem sie den Riegel zur Seite schieben konnte, aber sie fand nur große Balken, die sie nicht bewegen konnte.

Plötzlich hörte sie einen Mann mit tiefer Stimme im Hof rufen: »Wo bleibt ihr denn? Ihr müßt Schinken und Fisch holen!«

Babs versteckte sich schnell hinter einem Stapel Maissäcke neben der Tür. Ein Mann mit einer hohen weißen Kochmütze kam als erster, ihm folgten zwei Gehilfen.

»Mein Gott, was für eine Hetze!« stöhnte der Koch. »Essen für dreihundert Gäste zu kochen, das macht mich fertig!« Dann wandte er sich an seine beiden Gehilfen: »Du, Klaus, nimm zwei gekochte Schinken, und du, Ali, nimm zwei oder besser gleich drei Kasten Rauchfisch. Die Gäste mögen das!«

Die Gelegenheit war günstig! Babs eilte schnell aus ihrem Versteck. Mit einem Sprung stand sie auf dem Hof.

Der große Platz glich an diesem Tag einem Bienenstock. Aus der Küche rannten die Gehilfen mit Geschirr, Besteck und großen Schüsseln. Aus einem fernen Gebäude trugen andere Stühle und Tische in den Palastgarten. Kinder rannten über den Hof mit Holzbündeln, Kohle und Blumenvasen. König Spassenix hatte Gäste aus dem Ausland, und so beeilten sich die Knechte, die Feier vorzubereiten.

Keiner bemerkte die Anwesenheit von Babs. Sie stand neben einem Kastanienbaum und beobachtete den Wächter im kleinen Glashäuschen. Der saß am Tisch und telefonierte, drückte auf irgendwelche Knöpfe und gähnte. Ab und zu streckte er seine Arme aus, so als langweile ihn der Trubel draußen. Als eine junge Köchin eine große Salatplatte zum Garten trug, machte der Wächter seine Tür einen Spalt auf und rief hinaus:

»Kriege ich einen Kaffee?«

Die Köchin drehte sich zu ihm um.

»Kannst du haben, aber du mußt ihn dir schon selber holen, du siehst doch, was bei uns los ist!«

Darauf rief der Wächter nach einem Jungen, der gerade ein Bündel Holz zum Garten trug und redete auf ihn ein, aber der Junge schüttelte den Kopf und eilte davon. Endlich lehnte der Wächter die Tür an und ging an Babs vorbei in die Küche.

Babs rannte so schnell sie konnte. Sie stürzte in das Glashäuschen und stand vor einem großen Schaltpult mit vielen, vielen Leuchtknöpfen: roten, gelben und blauen. Sie suchte den Knopf für das Gefängnis, aber das war ungefähr so, als ob sie unter hundert Nüssen eine einzige hohle Nuß finden sollte. Über allen Knöpfen standen lauter Buchstaben, die Babs nicht verstand.

Aus Angst, daß der Wächter bald zurückkommen würde, drückte sie eine Reihe der Knöpfe nach der anderen, erst mit einem Finger, dann mit zweien, schließlich fast mit allen Fingern gleichzeitig.

Babs wußte nicht, was für wichtige Knöpfe sie da reihenweise drückte. Sie dienten nämlich dazu, daß die Befehle aus dem Palast des Königs sofort ausgeführt wurden!

Wenn im Reitstall ein bestimmtes Schild aufleuchtete, dann hieß das:

»Seine Majestät will reiten!«

Und leuchtete beim Palastfriseur ein Schild auf, dann wußte er:

»Seine Majestät wünscht seine Haare kürzer zu tragen!«

Überall im Palast erschienen nun solche Befehle fast gleichzeitig, und die Diener eilten in Scharen zum König, um dessen Befehle auszuführen.

Verärgert schrie der sie an:

»Nein, ich will weder duschen noch Briefe schreiben!«

»Nein, ich will weder reiten noch schwimmen!«

»Nein, verdammt, ich will weder einen Sänger hören noch meine Haare schneiden lassen!«

Er schrie immer lauter und schickte alle Diener ungnädig fort. Wütend trat er zum Fenster, um sich etwas zu erfrischen. Er erblaßte, als er sah, was gerade in seinem schönen, gepflegten Garten passierte.

Bei der Palastfeuerwehr hatte nämlich auch eine Lampe aufgeleuchtet!

»Der Palast brennt!« lasen die Männer von der Feuerwehr und eilten los. Sie sahen eine Rauchwolke aus dem Garten aufsteigen. Inmitten der geschmückten Tische, die einen großen Kreis bildeten, grillten zwei Köche über einem Feuer zwei saftige Hammel. Als die Feuerwehrleute den Garten beinahe erreicht hatten, streuten die Köche gerade ein besonderes Gewürz über das Feuer – eine große dichte Rauchwolke verbreitete sich!

Die Männer von der Feuerwehr konnten weder die Hammel noch die Köche sehen. Sie spritzten eifrig in das vermeintliche Feuer. Die Asche stob über die Tische, und die Köche schrien und hielten sich schützend die Hände vor das Gesicht. Aber die Feuerwehrleute hörten nichts und spritzten so lange, bis alle Tische umgefallen waren.

Babs drückte weiter die Knöpfe, viele schon zum zweiten Mal, und starrte unentwegt zur eisernen Tür, aber die ging und ging nicht auf. Erst als sie vier schwarze Knöpfe am unteren Rand des Schaltpultes drückte, die sie in der Aufregung übersehen hatte, geschah es: Die Tür zum Gefängnis öffnete sich!

Babs eilte aus dem Glashäuschen, gerade noch rechtzeitig, denn der Wächter kam aus der Küche, mit einer Tasse dampfenden Kaffees in der Hand. Verwundert schaute er die nassen Knechte an, die schreiend aus dem Garten gerannt kamen.

Als Babs in das finstere Gewölbe des Gefängnisses trat, staunte sie: Alle Gittertüren waren aufgegangen, die Gefangenen hatten ihre Zellen verlassen! Sie jubelten und umarmten Babs.

Onkel Schnurrbart rief ihnen zu, sie sollten sich beeilen, er nahm Babs an die Hand und rannte mit ihr aus dem Gefängnis und über den Hof. Kami faßte die Hand des Clowns Carlo und eilte hinter Babs her, die ihnen den kürzesten Weg aus dem Palast durch den Keller zeigte.

Die Gefangenen rammten die Tür zum Keller ein, sie nahmen sich so viel Käse und Schinken, wie sie nur tragen konnten, und stießen mit einem großen Balken die Tür ins Freie auf.

Der Wächter fiel vor Schreck zu Boden, die Gefangenen strömten an ihm vorbei ins Freie. Verblüfft rief der Wächter ihnen nach:

»Ja, was ist denn heute los?«

Als der König erfuhr, daß die Gefangenen hatten ausbrechen können, schrie er laut und wütend:

»Holt sie alle zurück, ich will sie alle wiederhaben! Wenn ihr sie nicht fassen könnt, dann bringt ihre Eltern und Freunde ins Gefängnis. Sie bleiben drin, bis diese Verbrecher sich stellen!«

Die Soldaten eilten in die Stadt und suchten die flüchtigen Gefangenen, aber sie fanden sie nicht, denn Carlo, der Clown, nahm sie alle mit zu einem Freund, der auf einem alten Bauernhof nahe bei der Stadt lebte. Die Leute in der Stadt bekamen große Angst vor den Soldaten, als die Nachricht sich verbreitete, daß der König die Eltern und Freunde der Gefangenen ins Gefängnis werfen wollte. Viele flüchteten über die Grenze in die Nachbarländer, um sich zu retten.

Babs war das glücklichste Mädchen in dieser Nacht, weil sie wieder mit Kami spielen konnte. Und Kami? Kami wiederholte immer wieder: »Na, habe ich übertrieben? Ist die Babs nicht toll?« Schließlich schliefen die beiden müde und glücklich neben Onkel Schnurrbart ein.

Am nächsten Morgen frühstückten sie gemeinsam. Es gab Eier, Marmelade, Käse und Schinken. Der Freund von Carlo, dem Clown, war schon früh aufgestanden und hatte frisches Brot für seine Freunde gebacken.

Das Frühstück schmeckte Babs so gut wie noch nie, denn es gibt nichts Schöneres als ein Frühstück mit Lachen.

Der Clown Carlo machte Witze über König Spassenix, und der Gaukler Hans führte ihnen seine Kunststücke mit den rohen Eiern vor. Er warf sie in die Luft und ließ sie über seinen Arm rollen, dann ließ er die Eier verschwinden und holte sie aus dem Ärmel eines Nachbarn heraus.

Plötzlich rutschte ein Ei aus seinen Fingern und zerbrach auf der Glatze des Clowns. Das Eigelb floß über seine Stirn und Nase. Carlo machte erst ein dummes Gesicht, dann lachte er herzlich.

»Ich gehe jetzt zum König«, sagte der Clown, »und stelle mich vor ihn hin. ›König Spassenix‹, sage ich dann zu ihm, ›du bist der armseligste Mensch auf Erden, du kannst nicht einmal lachen!‹ Und dann«, fuhr der Clown fort, »schmiere ich ihm die Nase ein – so!« Und weil der König ja nicht vor ihm stand, sondern im Palast saß und fluchte, schmierte der Clown blitzschnell die Nase von zwei Kindern neben ihm ein. Die fingen laut zu lachen an, die anderen wurden angesteckt und fielen in das Lachen ein. Ihr Lachen wurde lauter und lauter, es rollte vom Hügel über die Stadt, und das Echo ihres Lachens hallte von Straße zu Straße und flog gegen den Palast. Da fing der Palast an zu wackeln, als wäre das Lachen ein starker Wind und die hohen Mauern des Palastes nur aus dünnem Papier.

Die Freunde auf dem Hügel sahen das, und ihr Lachen wurde noch mächtiger, und der Palast schwankte hin und her.

Die Bewohner der Stadt wunderten sich über das Lachen, das über sie hinweg hallte, und eilten auf die Straße. Sie sahen den Palast wackeln und fanden den Anblick so komisch, daß sie zum ersten Mal dem Lachen nicht widerstehen konnten, und sie stimmten von ganzem Herzen mit ein. Ihr Lachen schwoll an zum Orkan. Diesem konnten auch die Mauern des Palastes nicht widerstehen, lautlos sank der Palast in sich zusammen.

Lange tat sich nichts. Dann kroch der König aus den Trümmern seines Palastes, duckte sich unter dem verhaßten Gelächter, das auf ihn herabfuhr, raffte seinen Königsmantel zusammen und flüchtete durch die Straßen der Stadt, die vom Gelächter seiner Untertanen widerhallten. Es war ein Spießrutenlaufen, bevor König Spassenix für immer aus dem Land verschwand.

Seit diesem Tag haben die Leute keinen König und keine Angst mehr. Sie lachen, wann immer ihnen danach ist, und leben glücklich und zufrieden in ihrem Land. Nur wenige der armen Freunde und Verwandten, die in die Nachbarländer geflüchtet waren und sich dort versteckt hielten, wissen noch nicht, daß das Lachen nicht mehr verboten ist ...

Das war die Geschichte des alten Mannes. Wie gesagt, ich habe sie erst nicht geglaubt, aber als ich damals mit der Straßenbahn gefahren bin, sah ich zwei Mädchen, wohl kaum älter als Babs. Sie saßen nebeneinander, flüsterten sich irgend etwas zu und kicherten laut. Plötzlich drehte sich eine ältere Dame zu den Mädchen um, verzog das Gesicht und schüttelte mißbilligend den Kopf, andere taten es ihr nach. Und ihr Nachbar, ein gut angezogener Mann, hob warnend den Finger.

»Das tut man nicht!« tadelte er.

Die Mädchen aber lachten nur und riefen: »Lachen ist doch nicht verboten!«

In diesem Augenblick habe ich die Geschichte geglaubt.

Der Schmetterling

Für Karin

Auf einem Maulbeerbaum lebte einst eine kleine Raupe namens Serbi. Sie lebte mit Tausenden von anderen schwarzen Raupen zusammen. Die saftigen Blätter boten allen genug Nahrung, und die Raupen fraßen von Sonnenaufgang bis Sonnenuntergang. Nur Serbi nicht. Sie stillte schnell ihren Hunger und pfiff dann von morgens bis abends ihre munteren Melodien.

»Was hast du vom Pfeifen? Wir müssen uns durchfressen. Der Saft der Blätter gibt uns die Kraft vom Ei bis zum Kokon, und dann wartet das große Ereignis auf uns«, tadelten die Nachbarn.

»Was für ein großes Ereignis?« fragte Serbi.

»Ein Schmetterling zu werden und hoch hinauf in die Luft zu fliegen.«

»Und dann?«

»Natürlich Eier legen, aus denen die schönsten Raupen schlüpfen.«

»Aber ich bin doch schon eine Raupe. Ich will mein Leben genießen, und wenn ich pfeife, fliege ich hinauf in den Himmel, höher als jeder Schmetterling.«

»Du spinnst! Wenn du pfeifst, bleibst du auf deinem Blatt! Du bildest dir nur ein zu fliegen. Raupen sind da, um zu fressen, zu schlafen und aufzupassen, daß sie nicht gefressen werden.«

»Jawohl!« riefen die anderen und machten sich den Spaß, an Serbis Blatt zu knabbern. Serbi kroch davon und setzte sich auf ein weit entferntes Blatt. Sie pfiff eine traurige Melodie, und nach einer Weile hörten einige Raupen zu lachen auf und lauschten bewegt.

Eines Tages schien die Sonne warm auf die Felder, und die Zweige wiegten sich mit ihrer Blütenpracht im Wind.

Eine Brise, erfüllt vom Duft der Aprikosenblüten, erfrischte Serbis Gesicht, als sie gerade ihre Augen öffnete. Sie atmete erleichtert auf, denn sie hatte etwas Schreckliches geträumt: Ein Sturm entwurzelte alle Bäume und wirbelte die Raupen in den Tod.

Schnell nahm Serbi zwei Bissen vom Rand ihres Blattes und fing an zu pfeifen, um den bösen Traum zu verscheuchen. Sie besang mit ihrer Melodie die Maiglöckchen und Sumpfdotterblumen.

Plötzlich tauchte eine Amsel auf. Die Zweige erbebten, und eine fürchterliche Angst ließ Serbi mitten im Lied stocken.

»Du bist aber eine komische Raupe. Mickrig klein, aber mit einer wunderschönen Stimme. Alle Achtung!«

Serbi zitterte. Trotz der süßlichen Worte verlor sie den kräftigen Schnabel nicht aus den Augen.

»Tja, fett bist du nicht«, fuhr die Amsel fort, »aber wer weiß, vielleicht wird meine Stimme noch schöner, wenn ich dich fresse. Man soll nichts zu früh verschmähen, es könnte von größtem Nutzen sein.« Die Amsel hackte nach Serbi, doch diese sprang zur Seite und wirbelte durch die Luft.

»Mist! Daneben!« schimpfte die Amsel.

Serbi schlug hart auf den Boden. Sie rollte sich schnell unter einen morschen Zweig und blieb regungslos liegen. Nach einer Weile pochte ihr Herz wieder ruhiger. Sie kroch zum nächsten Baum und, obwohl ihr Rücken vom Aufprall schmerzte, kletterte sie so schnell sie konnte den Stamm des Birnbaums hinauf. Erschöpft setzte sie sich auf das erste Blatt, das sie erreichte. Als sie sich etwas erholt hatte, versuchte sie, ihren Hunger zu stillen. Das Blatt schmeckte ihr nicht, aber sein Saft kräftigte sie wieder.

Serbi schaute sich ihre neue Umgebung neugierig an und entdeckte eine kleine goldene Raupe auf einem nahen Blatt. Die goldene Raupe war genauso mager wie sie, doch sie faszinierte Serbi mit ihrem Tanz. Sie bog und drehte sich im Kreis, stellte sich auf die Hinterfüße und malte mit ihrem Körper einen Bogen in der Luft, sprang wieder auf die Vorderfüße und erhob ihren Hinterleib mit einer kreisenden Bewegung. Währenddessen fraßen in der Nähe dicke goldene Raupen gierig die Birnbaumblätter.

Durch den Tanz verzaubert, fing Serbi an zu pfeifen, eine Melodie, die bisher tief in ihrem Herzen geschlummert hatte.

»Schön! Schön!« rief, immer noch tanzend, die kleine goldene Raupe. Serbi vergaß ihren Schmerz und pfiff, bis die goldene Raupe erschöpft zusammensank.

»Bravo! Bravo!« Serbi klatschte mit vier Füßen begeistert Beifall.

»Wie kannst du nur so eine schöne Melodie pfeifen?« fragte die kleine goldene Raupe noch außer Atem.

»Dein Tanz hat mir das Herz verzaubert«, antwortete Serbi.

Die kleine goldene Raupe kletterte über den Zweig. »Ich heiße Berbi und mag deine Melodie«, sagte sie.

»Hat sie dein Herz berührt?«

»Es heißt deinen Kopf. Wir, die goldenen Raupen, wissen, daß das Herz eine einfache Pumpe ist.«

»Es ist mehr«, antwortete Serbi, und sie redeten und stritten den ganzen Nachmittag darüber, ob das Herz nur eine Pumpe oder doch mehr ist. Und als die Sonne unterging, wußten beide mehr vom Herzen.

»Es ist schön, mit dir zu reden und zu streiten«, seufzte Serbi, »als ob ich dich seit meiner Geburt kennen würde.«

»Wer weiß, vielleicht haben wir uns bereits lange gesucht«, sprach Berbi.

Zwei goldene Raupen wellten sich mit ihren prallen Körpern über einen nahen Zweig.

»Iiiih! Wie riechst du denn heute?« fragte die eine Raupe Berbi, obwohl sie Serbi damit meinte.

»Ich habe nichts gegen schwarze Raupen. Sie könnten,

wenn sie prall wären, sehr süß aussehen, aber diese hier scheint krank zu sein. Die arme Berbi«, heuchelte die zweite Raupe.

»Laßt euer Geschwätz und kommt näher. Serbi kommt vom Maulbeerbaum und kann wunderschön pfeifen!« rief Berbi aufgeregt.

»Keine Zeit! Tut uns leid, das große Ereignis wartet auf uns«, sagten beide im Chor und eilten davon.

»Zum Kotzen mit dem großen Ereignis! Was haben sie davon, nur noch in Eile zu leben«, zürnte Berbi, als hätte sie die Gedanken von Serbi gelesen.

In der ersten Nacht konnten beide Raupen kaum schlafen. Sie lagen nahe beieinander, küßten und streichelten sich bis zur Morgendämmerung.

»So schön hat mich noch keine Raupe gestreichelt«, sagte Serbi, bevor ihr die Augen zufielen. Und Berbi lächelte ein letztes Mal erschöpft und fiel in einen tiefen Schlaf.

Als Serbi aufwachte, hörte sie von einem fernen Blatt lautes Streiten. Sie konnte nicht genau hören, worum es ging, aber sah, wie drei Raupen heftig auf Berbi einredeten. Nach einer Weile verließ Berbi wütend das Blatt und eilte zurück zu Serbi.

»Was ist denn los? Ist es meinetwegen?«

»Ach was, der Kokon ist ihnen zu Kopf gestiegen (das bedeutet in der Raupensprache etwa: sie spinnen wohl). Sie sollen sich zum Teufel scheren. Ich liebe dich und damit basta!«

Serbi fühlte sich glücklich, aber sie hatte Angst um Berbi.

»Ich liebe dich auch, aber macht es dir nichts aus, wenn die anderen nicht mehr mit dir spielen wollen?« fragte sie.

»Ich will mit dir spielen und reden. Das ist mein Leben. Komm! Laß uns tanzen!«

»Ich kann nicht tanzen!« Serbi zögerte etwas. »Ich mag es auch nicht! Ich pfeife viel lieber.«

»Gut! Dann pfeife, wenn es dich glücklich macht.«

Serbi stimmte eine Melodie an, und Berbi tanzte wie noch nie in ihrem Leben. Und auch in den folgenden Tagen spielten die beiden Freundinnen miteinander.

Berbi strahlte vor Glück über das ganze Gesicht. Aber sie lächelte auch dann, wenn sie Schmerz verspürte. So ist es Sitte bei den goldenen Raupen. Sie lernen von Geburt an, ihre Schmerzen zu verheimlichen, und genieren sich zu weinen. Anders Serbi. Sie lachte und weinte laut. Wenn Berbi ihr unbeabsichtigt auf einen ihrer Füße trat, schrie Serbi so schrecklich laut, als wäre ihr ein Baum auf den Kopf gefallen.

Die Tage vergingen schnell, und die Kunde von Berbis und Serbis Glück verbreitete sich rasch im Birnbaum. Das Glück ist oftmals laut, anders als sein Rivale, das Unglück. Das naht auf leisen Sohlen, und wenn man erst seine Vorboten zu ahnen glaubt, ist es bereits hereingebrochen. So leise trat das Unglück auch auf Serbi und Berbi zu.

Wie ich schon erzählte, wollte Berbi am liebsten mit Serbi tanzen. Doch nun sagte sie sich: »Ach, wenn Serbi nicht will, dann tanze ich alleine. Das macht mir nichts aus.« Es tat ihr aber doch weh. Sie hat allerdings nie darüber gesprochen, und Serbi merkte es nicht.

Das war des Unglücks erstes Bein. Wie ihr aber wißt, hat das Unglück immer zwei Beine. Es tauchte am elften Tag ihrer Freundschaft auf. Eine goldene Raupe aus der Nachbarschaft beobachtete Berbi lange beim Tanz und schmeichelte ihr mit anerkennenden Zurufen.

»Toll! Solche Leidenschaft habe ich noch nie gesehen, überhaupt bewundere ich eure Liebe«, wandte sich die Raupe an Serbi. »Ihr seid so verschieden und doch einander so nah. Mir ist so ein Glück nicht vergönnt. Mir hängt meine Freundin zum Halse heraus.«

Die Stimme der aufdringlichen Raupe war leise und traurig, aber Serbi spürte wohl die Kälte, die in diesen Worten lag.

»Wie heißt du? Und warum bist du so traurig?« fragte Berbi, sich tanzend im Kreis drehend.

»Ich heiße Herbi. Ich bin unglücklich, weil ich unsicher bin. Ich kann manchmal meinen Kopf nicht von meinem Bauch unterscheiden.«

»Dann tanze! Im Tanz wirst du deinen Bauch fühlen und deine Trauer vergessen.«

Als hätte die Raupe auf Berbis Worte nur gewartet, sprang sie auf und tanzte. Serbi pfiff weiter, obwohl Herbi sie immer weiter an den Rand des Blattes drängte. Sie stockte erst, als die aufdringliche Raupe sie mit einem Tritt verletzte.

»Mach doch bitte weiter!« bettelte Berbi.

»Ich habe keine Lust mehr«, brummte Serbi.

Berbi und Herbi setzten sich dicht nebeneinander.

»Deine Melodie ist die schönste, die ich je gehört habe«, schmeichelte Herbi. Sie hielt eine Weile inne, schaute Serbi lächelnd an, dann kroch sie zu ihr.

»Wollen wir Freunde werden?« fragte sie und streckte ihre Hand aus. Serbi antwortete nicht. Berbi dagegen hatte es sehr eilig, Herbis Hand zu schütteln. »Ja! Ja!« sagte sie.

Von diesem Tag an tauchte Herbi schon bei Sonnenaufgang auf und tanzte den ganzen Tag mit Berbi, mal auf fernen und mal auf nahen Blättern.

»Herbi mag dich sehr. Sie liebt deine Melodien, aber sie hat viele Probleme. Das ganze Leben hängt ihr zum Halse heraus«, erzählte Berbi, wenn sie erschöpft nach Hause zurückkam.

»Einen komischen Hals hat sie. Kurz und breit. Ich mag sie nicht«, sagte Serbi eines Morgens, als Berbi beim hastigen Frühstück fünfmal von Herbi erzählte, die auf ein Blatt in der Nähe umgezogen war.

Eines Tages merkte Serbi, wie Berbi gierig ein ganzes Blatt auffraß. Sie wunderte sich und fragte Berbi nach dem Grund.

»Vom Tanzen bin ich hungrig geworden«, sagte diese kurz.

Am nächsten Tag aber fraß Berbi zwei Blätter. Einige Nachbarinnen bemerkten es erstaunt.

»Endlich wird sie vernünftig.«

»Ja, ja, so ist es recht.«

Sie schauten Serbi verächtlich an.

»Du bist zweimal so dick wie gestern.« Serbi zitterte, da sie die Vorboten des Unglücks ahnte.

»Ach was, das bildest du dir nur ein«, antwortete Berbi kurz und verschlang genüßlich ein neues Blatt.

Tag für Tag fraß sich Berbi weiter durch die Blätter. Ihr Körper glänzte bereits prall in der Sonne.

»Du wirst bald doch ein Schmetterling werden!« sagte Serbi. Sie fühlte sich elender als jemals zuvor.

»Ja, mein Glück fliegt davon, und ich muß ihm folgen. Ich habe dich in den letzten Tagen belogen. Es ist mein Fehler. Ich weiß es und kann nicht anders.« Die letzten Worte erstickten in Berbis Tränen.

Eines Morgens erwachte Serbi aus einem Alptraum und schaute sich um. Berbi war vom Blatt verschwunden. Serbi suchte sie verzweifelt. Erst gegen Mittag sah sie Berbi an einem entfernten Zweig. Sie spann hastig ihren Kokon und stöhnte dabei:

»Ich beeile mich ja schon. Wir erleben bald das große Ereignis.«

»Was heißt das?« schrie Serbi entsetzt. »Herbi spinnt doch überhaupt nicht.« Sie sah Herbi auf einem nahen Blatt mit einer kleinen Raupe tanzen.

»Du lügst. Sie spinnt schneller als ich«, zürnte Berbi und beeilte sich. Der Kokon wurde immer dichter, und Serbi konnte ihre Freundin nach einer Weile nicht mehr sehen.

Traurig setzte sie sich neben den Kokon und schwor, Berbi zu schützen, bis sie sich zum Schmetterling entpuppte, denn Kokons sind wehrlos. Rund um die Uhr bewachte Serbi den Kokon und vertrieb alle Insekten, die in seine Nähe kamen.

Waren es drei oder fünf Tage und Nächte? Erschöpft fiel Serbi irgendwann in einen tiefen Schlaf. Wie lange sie geschlafen hatte, wußte sie nicht mehr. Plötzlich krachte es fürchterlich. Serbi schreckte auf und entdeckte, daß der Kokon verschwunden war. Weit entfernt von ihr lag Herbi auf einem Blatt, der Kokon steckte noch in ihrem breiten Rachen. In diesem Augenblick erkannte Serbi, weshalb Herbi diesen dicken Hals hatte. Sie ernährte sich von Kokons. Wie vom Blitz getroffen fiel Serbi in Ohnmacht.

Als sie aufwachte, befand sie sich auf einem Ahornblatt. Eine grüne Raupe mit roten Füßen streichelte ihr den Kopf.

»Ich dachte, du wirst nie aufwachen«, sagte die Raupe, und ihre Augen glänzten.

»Ich lebe nicht mehr lange. Ich darf nicht mehr leben.« Der Schmerz drohte Serbi erneut zu überwältigen.

»Doch, du wirst leben«, antwortete Kerbi, die grüne Raupe. »Ich habe oft deine Melodien gehört und weiß, daß du viel Leben in deinem Herzen hast. Pfeife, vielleicht hilft dir das durch das Tal deiner Schmerzen.«

»Ich kann nicht mehr pfeifen. Mein Herz ist tot, ich pfeife nicht nur mit dem Mund«, schluchzte Serbi.

»Laß mal fühlen!« sagte Kerbi und streckte drei ihrer Füße nach Serbis Brust aus.

»Es flattert! Es flattert! Dein Herz ist ein Schmetterling geworden!« rief sie erfreut.

Die Sonne neigte sich über die Wipfel der Bäume. Eine leichte Brise zog raunend durch die Blätter. Es klang, als wären tausend Schmetterlinge im Anflug. Leise erhob sich eine traurige Melodie durch das Geflüster der Blätter. Sie wurde immer lauter, und bald verstummten alle Insekten im Wald. Nicht einmal die Zikaden zirpten.

Kerbi war an diesem Abend sehr glücklich. Sie weinte vor Freude; denn sie wußte, daß Serbi dem Tode entronnen war.

Das Rätsel mit der notwendigen Einleitung über Ödipus und das Berufsrisiko

ZWEITENS ...

Viele von euch haben von der Sphinx von Theben gehört. Spätestens seit Sigmund Freud uns den Ödipuskomplex eingejagt hat, ist die Sphinx von Theben auch in vielen Familien bekannt. Sie soll von Beruf Rätselerfinderin gewesen sein. Sie zog von Stadt zu Stadt, setzte sich vor deren Tore und stellte den Bewohnern eine schwere Frage, und solange diese die Antwort nicht wußten, wurde ihre Stadt von den schlimmsten Krankheiten, wie Korruption, Fußpilz und saurem Regen befallen. Kam einer auf die richtige Antwort, so stürzte die Sphinx in den Tod. Das war ihr Berufsrisiko.

Ödipus erreichte Theben, nachdem er seinen Vater erledigt hatte, und hörte die Frage der Sphinx: »Was ist das, was morgens auf vier, mittags auf zwei und abends auf drei Beinen geht?« Da Ödipus in Kindergärten, der Erwachsenenbildung und in Altersheimen sein Brot verdiente, sagte er: »Das ist der Mensch.« »Richtig!« rief die Sphinx erleichtert und stürzte in den Tod.

Ödipus wurde Herrscher über Theben, heiratete, ohne es zu wissen, seine Mutter, und Freud hatte ein Thema für ein dickes Buch gefunden.

Man sagt, Ödipus konnte innerhalb kurzer Zeit seine Stadt vom Fußpilz und dem sauren Regen, aber nie von der Korruption befreien.

Anders die Sphinx in Ägypten. Sie wußte wahrscheinlich, daß der saure Regen und die Korruption kommen werden, ob die Bauern Ägyptens ihre Fragen nun beantworten oder nicht, und wegen des Fußpilzes den Tod in Kauf zu nehmen, das überzeugte sie nicht. Sie stellte ihre

Fragen und freute sich, wenn die Bauern sie beantworteten. Sie freute sich noch mehr, wenn sie die Nacht damit verbrachten, nach einer Lösung zu suchen.

Als Napoleon Ägypten überfiel, sah die Sphinx den kleinen runden Mann mit dem besonderen Hut. Sie fand ihn exotisch.

»He, Dicker! Willst du ein Rätsel haben?«

»Ich will alles haben!« nuschelte Napoleon.

»Du verstehst den Orient nicht. Alles kann man nicht haben. Willst du also ein Rätsel?«

»Meinetwegen«, antwortete Napoleon lakonisch.

»Was ist das, was schon lange lebt. Und je länger es lebt, desto jünger wird es?«

»Ich, ich!« rief Napoleon.

»Du Idiot! Du bist doch vor kurzem erst geboren und wirst bald abkratzen.«

»Mein Ruhm, mein Ruhm!« rief Napoleon.

»Du kriegst bald von den Russen eins auf die Nase, und in Waterloo ist dein Ruhm zu Ende.«

Napoleon, der das Wort Waterloo zum ersten Mal hörte, war empört. Er konnte Niederlagen nicht vertragen. Zornig richtete er die Kanonen auf die Sphinx und schoß ihr die Nase weg.

»Was ist das für ein Zeitalter, man stellt eine Frage und kriegt dafür eins auf die Nase!« sprach die Sphinx verbittert und erstarrte zu Sandstein. Seit diesem Tag stellt sie keine Fragen mehr.

WAS IST DAS?

... wonach die Sphinx gefragt hat.

Der erste Ritt durchs Nadelöhr oder der Kameltreiber von Heidelberg

Für Stefan, den jüngsten Kameltreiber der Republik

Es läßt sich nicht verkennen, daß das Kamel wahrhaft überraschende Fähigkeiten besitzt, einen Menschen ohne Unterlaß und in unglaublicher Weise zu ärgern ..., daß es mit Bewußtsein dem Willen seines Herrn jederzeit entgegenhandelt.
(Brehms Tierleben)

Vor nicht allzulanger Zeit lebte ein Junge namens Adel in der alten Stadt Heidelberg. Sein Vater arbeitete als Bäkkergeselle, und seine Mutter hatte nach langer Suche eine Putzstelle in einem Altersheim gefunden. Adel ging in die siebente Klasse eines Heidelberger Gymnasiums.

Sein Vater hatte große Pläne mit ihm: »Du wirst ein sehr berühmter Arzt werden. Ich werde den Nachbarn in unserem alten Viertel sagen können: ›Schaut her! Zwanzig Jahre habe ich die Fremde ertragen. Zwanzigmal habe ich die eisigen Winter erduldet. Ich bringe weder ein Auto noch ein Fernsehgerät mit in die Heimat zurück, sondern einen berühmten Arzt. Mit der Zeit rostet jedes Auto, und beim Fernsehen auch der Mensch.‹ Sie werden alle vor Neid erblassen!«

Adel verstand nicht, warum er ausgerechnet Arzt werden sollte. Am liebsten wollte er der Kapitän eines Dampfers sein. Wenn er aber seinem Vater von seinen Träumen erzählte, lachte dieser.

»Genauso wie dein Opa, der war auch immer auf Achse. Nein, mein Lieber! Lebensmittelhändler oder Arzt. Das sind sichere Berufe; denn solange Menschen leben, müssen sie essen und krank werden. Du hast immer Kundschaft.«

Manchmal war es lustig, den Träumen des Vaters zuzuhören; wenn er nur nicht dauernd genörgelt hätte. Kam Adel verschwitzt vom Spielplatz, jammerte der Vater, und wenn er ruhig auf dem Sofa lag und keiner Fliege etwas zuleide tat, sondern seine Abenteuerromane las, entsetzte sich der Vater. Einerlei, ob er spielte oder las, für den Vater war das reine Zeitverschwendung, die sich nur die Kinder der Reichen leisten konnten. So mußte sich Adel notgedrungen immer wieder neue Ausreden ausdenken, wenn er manchmal zu spät nach Hause kam. Und wenn er seine spannenden Räubergeschichten las, versteckte er die Bücher hinter dem großen Mathebuch. Sein Vater sah aus seiner Ecke nur das Schulbuch und war nicht nur zufrieden, sondern hatte manchmal gar Mitleid mit seinem fleißigen Sohn, der sich stundenlang in die Mathematik vertiefte.

Der Mutter war es gleichgültig, ob Adel Arzt oder Bäkker werden würde. Wichtig war für sie, daß ihr einziger Sohn gesund blieb. Je weniger Adel seinem Vater von seinen Träumen und Streichen erzählte, desto mehr sprach er mit seiner Mutter, die ihm aufmerksam zuhörte, lachte oder mit ihm seine Feinde verfluchte. Er erzählte ihr auch jedes Abenteuer, über das er las, weil die Mutter selbst nicht lesen konnte, aber gerne Geschichten hörte. Dann lachte oder weinte sie und war oft voller Sorge um den Helden der Geschichte. Und damit sie ruhig schlafen konnte, bat sie ihn manchmal, doch zu sagen, was aus den Verliebten wurde, die in Ungnade gefallen waren.

Die Arbeit in der Bäckerei war hart, aber der Vater schien zufrieden zu sein. Er freute sich über die freien Samstagnachmittage und die Sonntage. In Damaskus – Adels Heimatstadt – haben die Bäcker keinen freien Tag, sie arbeiten sieben Tage in der Woche. Adels Mutter war alles andere als zufrieden. Sie fand das Leben in der Fremde ungemein langweilig. »In Damaskus«, klagte sie oft, »fehlt den Nachbarn immer etwas, mal ein bißchen Zucker und manchmal etwas Reis und immer ein bißchen Gespräch. Deshalb besuchen sie sich. Hier fehlt den Leuten nichts. Sie brauchen nicht einmal ihre alten Freunde. Sie stecken sie einfach ins Altersheim. Arme Leute!«

Adel versuchte oft, nach der Schule den Nachbarn und Freund zu spielen, um den Kummer seiner Mutter zu lindern. Er tratschte mit ihr über die Lehrer, die Heimleiterin und den Vater. Schwer ist das Leben der Männer in der Fremde, doch noch schwerer das der Frauen.

Wenn der Vater aus der Bäckerei kam, wusch er sich, aß und schlief eine Weile. Und ging er danach nicht in die Stadt spazieren oder einen Freund besuchen, machte er sich einen starken Tee, verschwand im kleinen Zimmer und verschloß die Tür hinter sich. Eines Tages hörte Adel, wie sein Vater mit jemandem sprach. Er wunderte sich über diesen Gast, den er nicht hatte kommen sehen. Auf Zehenspitzen näherte er sich der Tür. Die tiefe Stimme des Unbekannten war deutlich zu hören, aber als Adel an die Tür klopfte, wurde es still. Nach einer kurzen Weile öffnete sein Vater die Tür und sah ihn verärgert an.

»Mußt du unbedingt stören? Was ist los?«

»Vater, mit wem hast du gerade gesprochen?«

»Mit niemandem!«

Adel versuchte, in das Zimmer zu spähen, sah aber nur ein großes Buch auf dem kleinen Hocker liegen.

»Was ist das für ein Buch?« fragte er neugierig.

»Das ist nichts für Kinder! Laß mich in Ruhe!« fuhr ihn sein Vater ungeduldig an und knallte die Tür wieder zu.

Wessen Stimme war das? Warum erzählte sein Vater ihm nicht, was das für ein Buch ist? Diese Fragen gingen Adel nicht aus dem Kopf.

In einer Nacht, das Frühjahr neigte sich dem Ende zu, regnete es in Strömen, und der Wind sang sein Lied durch die Zweige der nahegelegenen Trauerweide. Adel konnte lange nicht einschlafen; denn immer wieder drangen leise Stimmen aus dem kleinen Zimmer zu ihm herüber. Wenn der Regen laut an die Fensterscheiben klopfte, konnte Adel für einen Augenblick das Geflüster vergessen, doch beruhigte sich der Wind ein wenig, drang das leise Raunen erneut an seine Ohren und vertrieb die Müdigkeit aus seinen Augen.

Adels Neugier wuchs in den folgenden Tagen ins Unermeßliche. Gründlich durchkämmte er die Wohnung nach dem Buch und entdeckte dessen Versteck: Ein kleiner Schrank, dem Adel kaum Beachtung geschenkt hatte, stand in dem kleinen Zimmer seiner Eltern. Er war gewiß, daß das Buch nur in dem verschlossenen Schrank liegen konnte. Den einzigen Schlüssel trug der Vater immer bei sich, sogar unter der Dusche.

Der kleine Schrank wehrte sich standhaft gegen Adels Versuche, ihn mit anderen Schlüsseln zu öffnen. Manchmal vergaß Adel die Stimme und das Buch für ein paar Tage. Dann aber drang das Geflüster Samstag für Samstag unüberhörbar wieder aus dem kleinen Zimmer und bohrte sich gnadenlos in seine Ohren.

Eines Tages wollten Adels Eltern einen kranken Kollegen des Vaters in Mannheim besuchen. Adel fieberte ein paar einsamen Stunden entgegen. Er schob seine Hausaufgaben als Grund vor, daheim zu bleiben. Die Mutter wollte das nicht gelten lassen, da der Besuch von Kranken für sie wichtiger war als alle Hausaufgaben der Welt.

Der Vater nahm aber seinen Einzigen in Schutz. »Ein Besuch macht noch keinen Arzt«, sagte er bedeutungsvoll.

Die Eltern fügten noch hinzu, sie würden erst spät heimkommen, da der Kollege sie nicht ohne Abendessen zurückkehren ließe. So ist es nämlich Sitte bei den Arabern, sie nehmen immer an, die Gäste seien hungrig und durstig und bieten ihnen deshalb Essen und Getränke an. Andere

Völker vermuten, daß die Gäste schon übersättigt sind, und bieten ihnen deshalb nichts an.

Als die Eltern endlich gegangen waren, wartete Adel noch eine kurze Weile, dann hielt er es nicht mehr aus und stürmte in das kleine Zimmer. Aufgeregt stand er vor dem Schränkchen und starrte es an. Plötzlich strahlte er. Er rückte es von der Wand, holte einen Schraubenzieher und löste die vier Schrauben, mit denen die Rückwand befestigt war.

Als wäre das Schränkchen nur für das Buch gedacht, waren die anderen Regale gähnend leer. Auf dem untersten Regal lag das dicke Buch mit der dunklen, ledernen Hülle.

Adel trug es vorsichtig, als wäre es aus Glas, zu einem Hocker. Mit zitternden Händen schlug er es auf. Auf der ersten, buntgeschmückten Seite las er den in geschwungenen arabischen Schriftzeichen geschriebenen Titel:

›Mein Leben und meine Abenteuer mit Mensch und Tier. Ich, der unfaßbare und gerechte Räuber Adel‹

Ein Lächeln umspielte Adels Mund. Er dachte, sein Vater mache ein riesiges Geheimnis um ein einfaches Räubermärchen. Voller Neugier blätterte er die Seite um. Weißer Rauch zischte aus dem Buch und füllte im Nu den Raum. Adel fuhr erschrocken einige Schritte zurück, er wollte zur Tür flüchten, doch er stolperte über vorher nicht dagewesene Matratzen und Hocker.

Als die Rauchschwaden sich verzogen hatten, saß ein alter Mann, bekleidet mit einem arabischen Gewand, auf einer Matratze. Das Zimmer war verschwunden. Adel hockte in einem offenen Zelt auf einem Sitzkissen. Unendlich weit erstreckte sich die Wüste. Bei einer Feuerstelle nahe dem Zelt spendete eine kleine Palme etwas Schatten. Eine leichte Brise trug den würzigen Kaffeeduft von der großen Kanne in der Glut zu Adel herüber. Nur das aufgeschlagene Buch auf dem Hocker war unverändert geblieben.

»Deine Hände zittern, mein Sohn! Sie sind so klein wie die der Kinder. Was ist los mit dir?« sprach der alte Mann auf Arabisch.

Adel schaute verwundert den großen, schneeweißen Schnurrbart, das krumme Schwert an der Seite des Mannes und seine großen, knorrigen Hände an.

»Ich bin nicht dein Sohn!« flüsterte er aus trockener Kehle.

»Wie redest du heute? Ich verstehe kein Wort«, wunderte sich der alte Mann.

»Das ist Deutsch«, erklärte Adel auf Arabisch. »Ich bin nicht dein Sohn, habe ich dir gesagt. Siehst du das nicht?«

»Nur Lebendige haben Augen zum Sehen. Ich höre und fühle dich. Das genügt. Warum zitterst du?«

»Ich habe Angst vor dir. Du bist aus dem Rauch gekommen. Wer bist du?«

»Ich bin Adel der Gerechte. Ich bin die Freude der Armen und der Schrecken der Reichen. Wenn dein Geldbeutel nicht größer als dein Herz ist, brauchst du keine Angst vor mir zu haben. Wie heißt du?«

»Mein Name ist auch Adel.«

»Mein Enkel?!« rief der alte Mann und strahlte über das ganze Gesicht. »Du bist also mein Enkel. Warum versteckt dich dein Vater bloß vor mir. Er sagte, du willst Arzt werden und hältst von der Straßenräuberei nicht viel.«

Adel lachte und erzählte seinem Großvater, dem berühmtesten Straßenräuber Syriens, was für Wünsche er tatsächlich hatte. Beide lachten laut.

»Aber sag mal, Opa, wenn du gestorben bist, wie kannst du aus dem Buch kommen? Bist du ein Geist?«

»Gestorben bin ich, aber ich erwache zum Leben, wenn jemand das Buch sehnsüchtig liest«, antwortete der Großvater und fing an, die Geschichte seines Lebens zu erzählen.

Adel staunte, wie der alte Räuber Zeile für Zeile berichtete, ohne auf das Buch zu schauen. Wenn er anhielt, blätterte Adel die Seite um, und der Großvater erzählte weiter, wie er den Weg vom ängstlichen Bauernknecht zum mutigsten Straßenräuber gegangen war.

Als der alte Mann mit seiner tiefen Stimme stolz von jener Schlacht erzählte, in der er mit achtzig Räubern über zweitausend Soldaten in die Flucht geschlagen hatte, rief Adel: »Du mußt aber sehr mutig sein. Mein Vater bekommt schon weiche Knie, wenn ein Polizist ihn anhält.«

»Mut allein haben nur Dummköpfe. Ein Räuber ist nicht nur mutig. Er ist klug und weiß, was er will. Er muß präzise wie ein Uhrmacher, mutig wie eine Mutter, deren Kinder in Gefahr sind, und lautlos klug wie die Schlange sein. Ich bin vierzig Jahre lang in den Bergen gewesen und niemand konnte mich fassen, weil ich überall in den Herzen der Armen geborgen war. Ein Räuber, der nur Geld scheffelt, ist ein armer Hund. Mein Bett war die Erde und meine Decke der Himmel. Ich mußte Tier und Mensch verstehen.

In meiner Truppe habe ich alles verzeihen können, auch wenn einer meiner Männer einen Teil der Beute versteckt hielt und nicht teilen wollte. Niemals aber habe ich es verziehen, wenn auch nur einer Kinder unter den Reisenden mißhandelte. Den habe ich sofort aus der Truppe entfernt. Kinder muß ein Räuber liebhaben, sonst ist er ein Schuft, ein schäbiger Kerl! In meiner Satteltasche trug ich immer Bonbons und Nüsse für die Kinder, damit sie sich nicht langweilten, bis wir unser Geschäft erledigt hatten. Manch ein Kind verriet uns, wo seine Eltern die Geldbeutel versteckt hatten. Die Geizhälse verstecken oft ihre Geldbeutel bei ihren Frauen, obwohl sie ihnen doch sonst keinen Groschen anvertrauen.

Ja, manches Kind rief gar meinen Spruch, bevor ich eine Silbe davon gesprochen hatte: ›Geldbeutel her, sonst frißt Adel eure Leber ungebraten.‹ Dir kann ich es ja sagen, ich habe Leber nie gemocht, aber die Reisenden zitterten immer bei der Vorstellung, ich würde es tun, und rückten lieber ihr Geld, als ihre Leber heraus.«

Der alte Räuber schwieg.

»Und weiter!« rief Adel ungeduldig.

»Blättere um bis zum nächsten Kapitel.«

Adel blätterte schnell um und las laut die Überschrift:

›Wie ich den Löwen ohrfeigte‹

»Ja, das war in einem Frühjahr. Ich wollte den Staub der weiten Reise loswerden und mich im klaren Wasser eines kleinen Flusses erfrischen. Ich hatte mich noch nicht einmal ausgezogen, als das Wasser sich trübte. Ich schaute auf. Eine Löwin plätscherte zusammen mit ihren drei Babys im Wasser herum. Ich merkte, daß sie fremd in meinem Gebiet waren; denn kein anderer Löwe hätte es gewagt, mein Badewasser zu trüben.

Ich brüllte sie an: ›Erst zählt der Mensch und dann das Tier!‹ Sie sollten verschwinden, bis ich mich in Ruhe gebadet hatte. Plötzlich tauchte ein mächtiger Löwe auf und brüllte fürchterlich. Ich fragte ihn in der Löwensprache, ob er ein paar Ohrfeigen bräuchte. Der Löwe aber rief: ›Das werden deine letzten sein‹, und sprang mich an. Ich gab ihm dreiundneunzig Ohrfeigen und sagte ihm immer wieder, er könnte noch mehr haben. Dann packte ich ihn am Schwanz und schleuderte ihn so lange im Kreis herum, bis ihm schwindelig wurde und er anfing, wie eine Miezekatze zu miauen und um Gnade zu betteln. Ich ließ ihn frei. Er taumelte zu seiner Familie. Seit diesem Tag wußte auch sie Bescheid.«

Der alte Räuber begann zu gähnen.

»Erzähl doch weiter!« bettelte Adel.

»Ich kann nicht. Wer aus seinem Herzen heraus erzählt, spürt eine immer größer werdende Leere. Ich muß mich ausruhen!« sagte er und gähnte noch einmal herzhaft.

»Dann warte ich, bis du dich ausgeruht hast!«

»Du mußt das Buch zuklappen!«

Adel klappte widerstrebend den Deckel zu. Der Großvater, das Zelt und die Wüste verschwanden augenblicklich. Adel schaute auf die Uhr: es war bereits nach elf.

Schnell stellte er das Buch zurück in den Schrank und schraubte die Rückwand an. Er war gerade fertig, als er im Hof die Stimme seines Vaters hörte. Mit einem Sprung erreichte er das Sofa und nahm das seit dem Nachmittag aufgeschlagene Geographiebuch in die Hand.

Sein Vater strahlte zufrieden, als er den fleißigen Jungen sah. »Tüchtig, tüchtig!« lobte er.

Die Mutter stöhnte aus Sorge über die Augen ihres Sohnes.

»Vater, was war Opa eigentlich von Beruf?« fragte Adel listig.

»Er war – wie soll ich sagen – ein edler Ritter!«

»Hatte er eine Burg und viele Knechte?«

»Hm, nein, das nicht!«

»Wovon hat er denn gelebt?«

»Er nahm Gebühren von den Reisenden.«

»War er denn ein Schaffner?«

»Nein, das auch nicht.«

»Dann muß er ein Straßenräuber gewesen sein!«

»Das könnte man so nennen, und jetzt geh schlafen«, stöhnte der Vater verzweifelt.

Die Tage krochen langsam dahin, und Adels Sehnsucht nach seinem Großvater wuchs von Tag zu Tag. Seine Mutter bemerkte seine Unruhe. Sie fragte ihn nach dem Grund, doch Adel schwieg. Zum ersten Mal in seinem Leben spürte er das Gefühl, daß dieses Geheimnis nur ihm gehörte.

An einem Sonntag beschlossen die Eltern, eine Familie in Neckargemünd zu besuchen. Adel schob gewitzt eine schwere Hausaufgabe, die er am Montag abgeben mußte, als Entschuldigung vor, damit er zu Hause bleiben konnte.

Mit fiebernden Händen legte er das Buch auf den Hokker. Er schrak nicht mehr vor dem Rauch zurück, sondern wartete ungeduldig auf den alten Räuber.

»Heute zitterst du noch mehr!«

»Ich habe schon ungeduldig eine ganze Weile auf dich gewartet! Nun erzähl doch bitte weiter!«

»Lies den Titel!«

Adel schaute auf die aufgeschlagene Seite.

›Das wunderbarste Tier der Erde: Das Kamel‹

Als er die Überschrift gelesen hatte, fing der alte Räuber an zu erzählen, wie ein Kamel ihm einst das Leben gerettet hatte. Er erzählte lange von den Eigenschaften des Wüstenschiffes, ohne das die arabische Kultur nicht denkbar wäre. Die Araber bewunderten das Kamel so sehr, daß sie das Wort »Schönheit« von seinem Namen ableiteten. Er erzählte vom einzigartigen Gedächtnis des Tieres, das sich nicht nur an verschüttete Wüstenwege und Wasserquellen erinnerte, sondern seine Peiniger auch noch Jahre später bestrafte.

Lange schwärmte der Großvater von dem großartigsten aller Tiere, und Adel wartete geduldig auf das Ende der Geschichte. Sie langweilte ihn etwas, aber er hörte gerne die tiefe Stimme des alten Räubers, und als ob dieser es spürte, erhob er seine Stimme, um die Aufmerksamkeit seines Zuhörers erneut zu fesseln.

»... und das Kamel kann besser als der Mensch eine Oase von einer Fata Morgana unterscheiden. Wären die Menschen Kamele, hätten sie uns einige Dummheiten erspart.«

Ungeachtet der lauten Stimme seines Großvaters, gähnte Adel herzhaft. Und als der alte Räuber auch noch von der Kunst der Kameltreiberei schwärmte, wollte Adel beinahe das Buch zuklappen.

»Und ich sage dir, nur die Aquarellmalerei ist schöner!« rief der alte Mann noch ganz erregt.

»Kameltreiber ist doch ein Schimpfwort!« wandte Adel ein und winkte geringschätzig mit der Hand.

»Was sagst du da? Ein Schimpfwort? Bei welchen Barbaren lebst du!? Dein Vater lobt sie über den grünen Klee!«

»Überall schimpfen die Leute so. Sogar mein Freund Horst sagt es, wenn ich ihn ärgere!«

»Dann ist er kein Freund. Ich kenne ihn nicht, aber ein Dummkopf ist niemals ein guter Freund. Weiß dieser Barbar, daß ein Kamel alle Sprachen der Welt versteht?«

»Ach Opa, du übertreibst! Ein Kamel ist doch noch dümmer als ein Esel.«

»Das ist sein Geheimnis, mein Junge. Schlauer als der Fuchs zu sein und dümmer als der Esel zu erscheinen. Du kannst es erfahren, wenn du willst.«

»Soll ich mit einem Kamel Latein reden?«

»Ich weiß es nicht, ob das Kamel Latein braucht, aber wenn du das Schlüsselwort lernst, es in deinem Herzen trägst und es einem Kamel sagst, wirst du staunen, was ...«

»Was ist das für ein Wort?« unterbrach Adel seinen Großvater neugierig.

»La Dimocratia Bidun Hukuk Alakaliat Wa Huriat Almarat. Al Hal Alwahid Hua Al ...« *(Die fehlenden Wörter verweigert der Autor, damit die Kamele in Ruhe gelassen werden. – Der Verlag)* Adel wiederholte die Worte und hörte bis spät in der Nacht den spannenden Geschichten seines Großvaters zu.

Am Freitag war der Vater noch in der Bäckerei. Die Mutter ging einkaufen, und das verabredete Fußballspiel im Verein fiel aus. Adel trieb sich gelangweilt in der Wohnung herum.

Plötzlich erinnerte er sich seines Großvaters und beschloß, die halbe Stunde, bis die Mutter zurückkommen würde, bei ihm zu verbringen. Er holte das Buch und blätterte lustlos darin herum, aber weder Rauch noch der alte Räuber stiegen aus dem Buch heraus. Unruhe packte Adel. Er behielt das Fenster im Auge, um die Rückkehr seiner Mutter aus dem Supermarkt nicht zu verpassen. Er blätterte und blätterte, dann schmiß er das Buch in den Schrank, schraubte die Rückwand zu und eilte hinaus, um seiner Mutter eine der schweren Einkaufstüten abzunehmen. »Was ist mit dem Großvater passiert? Ist er nun zum zweiten Mal gestorben? Oder hat das Buch seinen Zauber verloren?« Hin- und hergerissen wuchs in den folgenden Tagen die Unruhe in Adel, und er brannte danach, das Buch noch einmal in die Hand nehmen zu können. Er aß wenig und spielte kaum mit den Jungs seiner Klasse.

Wie Regen nach einem schwülen Nachmittag, erlöste Adel nach ein paar Tagen die Nachricht, die Eltern würden am Samstag zu einem Beschneidungsfest nach Eppelheim fahren. Er schaute den Eltern nach, stürzte dann ins Zimmer und schlug das Buch mit zitternden Händen auf.

»Wo warst du? Ich habe mir Sorgen um dich gemacht!« schrie Adel seinen Großvater zornig an.

»Erst grüßt ein Araber, auch wenn er einem Feind begegnet!« tadelte der alte Mann.

»Ja, grüß' dich! Wo warst du?« brummte Adel.

»Ja, auch ich grüße dich herzlich. Ich war immer in deiner Nähe.«

»Aber ich habe es versucht, du kamst nicht heraus.«

»Zu einem guten Buch gehören wie in der Liebe zwei: ein guter Autor und ein guter Leser. Der beste Leser macht ein schlechtes Buch nicht besser, und was nützt die schönste Geschichte, wenn du gelangweilt darin herumblätterst. Hast du mit einem Kamel gesprochen?«

»Ich habe die Formel, dieses komische Zauberwort vergessen!« gestand der Junge.

Adel lernte an jenem Abend nicht nur das Schlüsselwort, sondern genoß wieder aufregende Stunden mit seinem Großvater und dessen Abenteuern.

Am nächsten Tag eilte Adel in den Heidelberger Zoo. Er beachtete weder die Affen noch die Flamingos. Ihn interessierte nur ein Tier.

Da stand das Kamel, kaute und schaute unbeteiligt in die Gegend. Adel lehnte sich an den Zaun des Geheges. Sein Herz klopfte aufgeregt. Er sprach die Worte laut und deutlich, die er auf dem Weg zum Zoo mehrmals wiederholt hatte. Plötzlich schaute ihn das Kamel mit aufgerissenen Augen an.

»Hallo, Junge!« rief es überrascht und rannte zum Zaun.

Adel streichelte es an der Schläfe.

»Wieso kennst du das Schlüsselwort? Du bist doch noch so jung?«

»Mein Opa hat es mir gesagt. Er war ein berühmter Räuber in Syrien und hat sich mit Kamelen angefreundet, nachdem sie ihm das Leben gerettet haben ...«

»War dein Opa Adel der Gerechte?« wollte das Kamel wissen.

»Ja, woher weißt du das?« fragte Adel überrascht.

»Meine Uroma hat ihn, als er verwundet war, drei Tage auf ihrem Rücken getragen, bis sie ihn in einer fernen Oase in Sicherheit wußte. Überall erzählte sie von seinen edlen Eigenschaften. Er war einer der wenigen Freunde der Kamele. So, so, diese Stammbaum hat dich also zu mir geführt.«

»Mensch, Kamel, du redest verdammt gut Deutsch, aber es heißt ›der‹ und nicht ›die‹ Baum.«

»Die Baum ist fruchtbar, und alles Fruchtbare ist weiblich, ob die Deutschen wollen oder nicht.«

»Meine Güte, wenn dich unser Deutschlehrer hört, kriegt er eine rote Birne. Kannst du wirklich so viele Sprachen?«

»Ich spreche vierzig und verstehe zweiundneunzig Sprachen.«

»Aber warum sprichst du denn nicht?«

»Der Mensch würde für mich noch mehr Arbeiten erfinden. Dem reicht es nicht, daß ich seine Lasten trage, dann muß ich auch noch übersetzen.« Das Kamel schaute zur Seite und hielt inne.

»Still!« flüsterte es. »Jetzt kommt der Rentner. Jeden Sonntag dasselbe!«

Ein alter Mann näherte sich dem Kamelgehege, blieb stehen, kramte aus seiner Tüte ein Stück trockenes Brot und warf es dem Kamel zu.

»Hier, Ham Ham, schmeckt gut!« rief er begeistert.

Das Kamel schaute ihn an, trat auf das Brot und drückte es in den weichen Boden.

»Ja, was ist denn los? Die Brüder werden hier wohl überfüttert! Damals im Krieg hätten wir uns nach einem solchen Stück alle zehn Finger geleckt. Dafür haben sich Leute sogar umgebracht! Und heute! Da ist sich sogar ein Kamel zu gut dafür!«

»Vielleicht mag das Kamel Käsekuchen«, scherzte Adel.

»Käsekuchen?« wiederholte der Mann verwundert. »Warum nicht gleich einen Obstler?«

»Ja, ein Schnaps wäre nicht schlecht«, rief Adel, und das Kamel zwinkerte ihm unbemerkt zu.

»Blöde Viecher!« zürnte der Rentner und ging leise schimpfend zum Gehege der Ziegen, die ihm dankbar entgegenmeckerten.

»Jeden Sonntag dasselbe, trockenes Brot, das nach gar nichts schmeckt«, beschwerte sich das Kamel.

»Aber der Mann hat es doch gut gemeint. Warum bist du so undankbar?«

»Dankbar soll ich sein? Wofür denn? Ich bin doch kein Hund, der für einen lausigen Knochen ein Haus beschützt, als wäre es das seine. Sie geben mir zu fressen, weil sie etwas von mir wollen. Entweder eine Last tragen, mit der sich ein Elefant nicht vom Boden erheben kann, oder sie sperren mich in den Zoo und weiden sich an meiner Langeweile. Dafür soll ich auch noch dankbar sein?«

»Du übertreibst wie mein Opa. Ein Elefant trägt soviel wie fünf Kamele.«

»Du hast mir nicht richtig zugehört. Dein Opa hatte bessere Ohren. Ich sprach vom Erheben und nicht vom Tragen. Ein Elefant kann sich nicht mit derselben Last vom Boden erheben. Er hat nicht meinen wunderbaren Hals, mit dem ich die Last ausbalanciere.«

»Und hier im Zoo? Du hast es doch gut hier, kannst gemütlich im Schatten der Bäume fressen. Ich wäre gerne ein Kamel.«

»Ach, junger Freund, wünsche dir das bloß nicht. Hier werde ich nur fett. Ich liebe die Wüste. Sie ist ein Stück meiner Kindheit. Ich träume jede Nacht lange von ihr.«

Adel dachte an seinen Großvater im Zelt und an seine eigene Sehnsucht nach großen Reisen.

»Vielleicht kann ich dir helfen«, murmelte er und fühlte, daß er sich selbst seinen Traum erfüllen könnte.

»Sage das, lieber Freund, nicht noch einmal. Du weckst in mir Hoffnungen, die ich schon längst begraben habe.«

»Doch, ich will, daß du frei wirst«, rief Adel.

Seit diesem Sonntag war Adel wie verwandelt. Er fand keine Ruhe mehr. Wie könnte er das Kamel aus dem Zoo befreien? Und wie sollte er ihm helfen, in die Wüste zurückzukehren? Als er seinem Großvater von seinem Vorhaben erzählte, strahlte dieser zuversichtlich, aber einen Rat konnte er nicht geben, da er weder Heidelberg noch den Weg in die Wüste kannte. Er sprach Adel jedoch Mut zu.

Auf einem Spaziergang im Wald nahe bei Heidelberg entdeckte Adel eine große Höhle. Der Eingang lag versteckt hinter einem Brombeerstrauch. Eine Feuerstelle und herumliegende Bierdosen zeugten davon, daß die Höhle in Wintertagen als Unterschlupf diente. Adel eilte zum Zoo, um seinem Freund, dem Kamel, von diesem kleinen Fortschritt zu berichten. Als er das Gehege erreichte, kam das Kamel gleich angelaufen.

»Ich habe dich vermißt. Wo warst du die letzten Tage?« fragte das Kamel sichtlich verärgert.

»Ich habe ein Versteck gefunden, in dem du dich aufhalten kannst, bis wir einen Weg in die Wüste wissen.«

»Und ich habe beschlossen, alles zu wagen. Einmal im Leben muß ein Kamel seine Angst besiegen. Steig auf!«

»Was willst du machen?«

»Das, was ich schon längst hätte machen müssen. Steige auf!« brüllte das Kamel entschlossen, obwohl sich gerade zwei Frauen dem Zaun näherten.

Adel kletterte über den Zaun, das Kamel ging in die Knie, und Adel setzte sich auf seinen Rücken.

»Halte dich fest!« rief das Kamel laut.

»Das Kamel spricht Deutsch!« rief die ältere der beiden Frauen verwundert. Sie wollte gerade Adel tadeln. Ihre Begleiterin fand nicht einmal Zeit, über die Äußerung ihrer Freundin nachzudenken. Das Kamel nahm Anlauf und sprang über den Zaun.

Entsetztes Geschrei begleitete die beiden durch die Gänge und Wege des Heidelberger Zoos. Ein Wächter kam angerannt, breitete die Arme aus und rief: »Runter vom Kamel. Das ist verboten. Runter!«

Aber das Kamel sauste an ihm vorbei, rief Adel noch einmal zu: »Halte dich fest!« und sprang mit einem gewaltigen Satz über die Zoomauer.

»Das gibt es doch nicht!« schrie der Wächter und raufte sich die ergrauten Haare.

»Doch, Alter! Das gibt's!« rief ein Punk und streichelte die Ratte auf seiner Schulter.

Lange rätselte man an diesem Abend, wohin das Kamel geflüchtet war. Manche Autofahrer wollten es in Richtung Karlsruhe, andere es in Richtung Schriesheim laufen gesehen haben.

Am nächsten Tag amüsierten sich die Heidelberger über den Zoodirektor. Er hatte erst spät in der Nacht bei seiner Geliebten von der Flucht des Kamels gehört. Ich kann dem Leser aber nicht garantieren, daß folgende Verse vom Zoodirektor stammen. Soweit ich weiß, dichtet er überhaupt nicht, aber zwei Heidelberger haben mir versichert, daß der Zoodirektor am späten Abend lallend folgende Verse gesungen hat:

Ich hab' mein Kamel in Heidelberg verloren
In einer lauen Sommernacht,
Ich war verliebt bis über beide Ohren
Und widerlich hat das Kamel gelacht.

Auf jeden Fall regte sich die Presse mächtig auf. Ein Kamel sei schließlich keine Mücke, die so einfach verschwinden könne. Am meisten aber war Bürgermeister Lösch verstimmt. Die Wahlen standen an, und er konnte sich einen solchen Skandal nicht leisten. Er rief empört den Zoodirektor zu sich und teilte ihm seine Meinung ungeschminkt mit.

Weit entfernt vom Rathaus saß Adel in der Höhle und streichelte liebevoll das Kamel.

»Mein Opa hat doch nicht übertrieben. Du bist wirklich ein prachtvoller Kerl. Wie hast du nur die ganzen Jahre die Langeweile ertragen, obwohl die hohe Mauer gar kein Hindernis für dich war?«

»Ich konnte vorher nicht einmal über den Zaun springen. Wenn du aber einen guten Freund hast, sind dir Dinge möglich, von denen du bisher nur geträumt hattest. Du hast dich auch wie der beste Kameltreiber gehalten. Bist du jemals geritten?«

»Ich?! Ich hatte sogar Angst, auf einem kleinen Esel zu reiten«, antwortete Adel und bekam noch jetzt eine Gänsehaut bei der Vorstellung, auf dem Rücken eines Kamels eine drei Meter hohe Mauer übersprungen zu haben.

Tag für Tag trafen sich die Freunde und erzählten sich viele ihrer Träume. Eines Morgens sagte das Kamel plötzlich:

»Bald werde ich in die Wüste gehen, aber vorher werde ich mit dir ein paar Runden durch Heidelberg reiten!«

»Sie werden uns fassen und dich wieder in den Zoo stecken!«

»Das werden sie bestimmt nicht, Freund. Hab' Mut!«

Adel sprang auf den Rücken des Kamels und hielt sich fest. Zum ersten Mal verstand er seinen Großvater, wenn dieser von der Kameltreiberei schwärmte.

Die Sonne strahlte über Heidelberg. Touristen bevölkerten den Schloßgarten; sie gerieten über die herrliche Aussicht ins Entzücken und fotografierten die Stadt unten am Neckar. Aus heiterem Himmel stürmte das Kamel vorbei und rannte laut brüllend die Straße zur alten Stadt hinunter. Die ahnungslosen Touristen hielten dies für einen gelungenen Einfall der Stadtväter und knipsten begeistert ihre Filme ab.

Die Fußgängerzone war, wie immer an sonnigen Tagen, voll von Leuten, die schlendernd den Tag genossen oder, in den Straßencafés sitzend, die Vorbeigehenden beobachteten. Auf einmal tauchte das Kamel auf, stürmte in großen Schritten über die Hauptstraße, warf Stände und Blumenkübel um und glitt in weiten Sprüngen über die Kinder hinweg. Die Eltern der Kinder schrien voller Angst, aber das Kamel streifte nicht einmal die Mütze eines der Kinder. Die schläfrigen Gäste der Straßencafés wurden aus ihrem leichten Schlummer gerissen, sprangen überrascht auf und staunten dem Kamel nach, das in eine Seitengasse, die zum Neckar führt, einbog. Im selben Moment fuhr ein Mann äußerst vorsichtig mit seinem nagelneuen Wagen durch diese Straße. Die am Bürgersteig parkenden Autos ließen nur eine schmale Gasse in der ohnehin engen Einbahnstraße frei. Plötzlich sah er das Kamel auf sich zu galoppieren.

»Halt, das ist eine Einbahnstraße!« schrie er entsetzt.

Das Kamel fackelte nicht lange, trat auf die Motorhaube, dann auf das Dach, auf den Kofferraum und sprang davon. Der Mann, der im letzten Augenblick gebremst hatte, fuhr benommen bis zum Stoppschild am Ende der Straße und wollte vor einem Eingang anhalten, als ein Polizist auf ihn zutrat, der das zerbeulte Auto gesehen hatte.

»Was ist denn los?« fragte der Beamte und musterte den aufgeregten Mann.

»Sie werden es mir nicht glauben. Ein Kamel ist über mein Auto hinweggeritten!«

»Ein Kamel? Sagen Sie, sind Sie sicher, daß es kein Elefant war?«

»Ich kann doch wohl noch ein Kamel von einem Elefanten unterscheiden! Was denken Sie denn von mir!« zürnte der Mann.

Seine Alkoholfahne schlug in die sensible Nase des Ordnungshüters, der erheitert den Kopf schüttelte.

»Blasen Sie erst einmal hier hinein, dann werden wir sehen, ob es sich nicht doch um einen Elefanten gehandelt hat.«

Er reichte dem Mann auffordernd das kleine Röhrchen. Der Pechvogel blies seine Promille hinein. Der Polizist kassierte strahlend den Führerschein.

In der Zwischenzeit rannte das Kamel über die alte Brücke, bog in die Ziegelhäuser Landstraße ein, ritt in großer Geschwindigkeit an den staunenden Autofahrern vorbei und verschwand wieder spurlos.

Die Tage vergingen, und der Kameltreiber von Heidelberg wurde zum Stadtgespräch. Adel fühlte sich glücklicher als je zuvor. Bürgermeister Lösch ließ überall Radarkameras anbringen, doch sie lieferten übereinstimmend das Bild eines Kamelhinterns, das bei den Recherchen im Zentralcomputer zu Verwirrung führte.

Der Computer konnte über Menschen und Autos genaue Informationen geben, aber mit dem Bild des Kamelhinterns spuckte er immer wieder »Fehlanzeige!« aus.

Die wiederholte Frage nach dem Verbleib des Kamels entnervte Bürgermeister Lösch zusehends, und als die drei Vertreter der Protestbewegung noch als Kamele verkleidet in das Rathaus kamen, verlor der gute Lösch gänzlich die Kontrolle über sich. Er prügelte auf die drei ein und stürzte unter dem Gelächter der Stadträte aus dem Saal.

Eine seltsame Welle rollte über Heidelberg hinweg. Man bezeichnete sie als das Kamelfieber. Das Lokal »Zum goldenen Ritter« nannte sich nun »Schänke zum Kamelritt«. Das große Aerobiccenter verwandelte sich zum Bauchtanzlokal, und der Uniplatz wurde über Nacht in den Kamelplatz umgetauft.

Adel ging weiter zur Schule, schlich aber immer wieder zum Kamel und ritt auf ihm durch die Stadt. Wie ein Gewitter brachen beide über sie herein und genauso plötzlich verschwanden sie. Sooft Adel konnte, holte er das Buch aus dem Schrank und erzählte seinem Großvater von seinen Abenteuern mit dem Kamel. Dann seufzte der alte Räuber:

»Du hast es gut! Ich sehne mich so sehr nach einem Ritt.«

Und als Adel seinem Großvater erzählte, wie das Kamel in einer Nacht viele Autos in Heidelberg zerbeult hatte, fing der alte Räuber gar an zu weinen.

»Warum weinst du? Liebst du etwa das Auto auch so wie die Deutschen?«

»Nein, ich weine aus Freude«, schluchzte der alte Mann. »Ich war der berühmteste Räuber Syriens, bis die Autos die Straßen eroberten. Von diesem Zeitpunkt an konnte ich nichts mehr ausrichten. Ich ritt ihnen nach und spürte nur die Abgase in meiner Nase. Ich wurde erst krank und dann arbeitslos. Du hast mich mit deinem Freund an diesen gottverdammten Teufelsmaschinen gerächt!«

Eines Tages erzählte Adel vom Erdkundelehrer, der fast eine Stunde über den Einfluß des Kamels auf die Menschheitsgeschichte gesprochen hatte, aber das Kamel schien sich nicht darüber freuen zu können. Es kaute bedächtig und blickte geistesabwesend in die Ferne.

»Du hörst mir heute gar nicht zu«, beklagte sich Adel vorwurfsvoll.

»Doch, aber du freust dich zu früh. Ich wollte, daß die Menschen durch unseren Ritt durch ihre Stadt verstehen, daß du hier zu Hause bist. Daß du zwar anders, aber doch ihnen näher als den Kindern von Damaskus bist. Und was wurde daraus? Schilder, Zigaretten und Bauchtanzlokale. Wir sind nur noch das Feigenblatt ihrer Dummheit. Bald werden sie uns vergessen und ein anderes Blatt wählen. Feigenblätter verwelken schnell.«

»Sage bloß, du willst bald gehen?« fragte Adel angsterfüllt.

»Ich muß. Meine Sehnsucht nach der Wüste läßt mich nicht mehr schlafen. Du lebst unter deinen Freunden, aber ich . . .«

Adel nahm den Kopf seines Freundes in die Arme.

»Nein, du wirst bei mir bleiben!« rief er und weinte.

»Glaubst du wirklich, ich könnte die Tage mit dir vergessen? Ich kann nicht einmal dein Lächeln vergessen. Mein Schicksal ist es, ein gutes Gedächtnis zu haben. Es ist gleichermaßen eine Gabe und ein Fluch.«

»Es muß doch einen Weg geben!« Adel wischte seine Tränen weg und streichelte mit seiner flachen Hand den Hals des Kamels.

Lange sprachen die Freunde an diesem Nachmittag miteinander, und als sich Adel am Höhleneingang verabschiedete, war von der Trauer keine Spur mehr geblieben. Seine Augen glänzten.

»Versprichst du mir, daß du wach bleibst, bis ich es schaffe?« bat Adel.

»Ja, ich werde in Gedanken jede Sekunde bei dir sein und damit die Müdigkeit vertreiben.«

Adel eilte nach Hause. Er malte auf großen Blättern immer wieder eine weite Wüste, und wenn seine Mutter abends das Licht ausmachte und zum Vater ins Zimmer ging, sprang Adel aus dem Bett und malte beim Licht der nahen Straßenlaterne weiter. Er war sicher, daß sein Freund, das Kamel, in der Höhle wach geblieben war und an ihn dachte. Hunderte von Blättern verwarf er, bis ihm endlich am frühen Morgen des dritten Tages eine Wüste gelang, die ihn ganz mit Zufriedenheit erfüllte. Er schaute das Bild lange träumend an. Seine müden Augen weiteten sich.

»Bist du es?« fragte er unsicher.

»Wer denn sonst?« antwortete das Kamel und trat in die Bildmitte.

Erschöpft ging Adel in das kleine Zimmer, verschloß die Tür hinter sich und holte das Buch heraus. Nach einer langen Zeit kam er wieder heraus.

»Jetzt werden wir für immer zusammenbleiben!« flüsterte er und fiel todmüde ins Bett.

Seine Mutter, die in der Mittagszeit nach Hause kam, wunderte sich über ihren schlafenden Sohn, der nicht aufstehen wollte, auch dann nicht, als sie ihm sagte, seine Freunde wollten mit ihm Fußball spielen.

Und am nächsten Tag, einem Samstag, machte Adels Vater große Augen, als er das Buch aufschlug. Der Rauch wich zurück. Alles war wie immer. Das Zelt, die Palme, die Feuerstelle, und der alte Räuber saß wie gewöhnlich auf seiner Matratze. Nur ein Kamel stand jetzt neben dem Zelt, knabberte an einem dürren Strauch und lächelte ab und zu geheimnisvoll den Bäcker an. Als er den alten Räuber fragte, woher das Kamel so plötzlich käme, rief dieser:

»Das ist eine lange Geschichte, die du mir nie glauben wirst, aber ich erzähle sie dir trotzdem.

Vor nicht allzulanger Zeit lebte ein Junge namens Adel in der alten Stadt Heidelberg ...«

Vor langer, langer Zeit, als die Uhren noch langsamer gingen und die Füchse noch Vegetarier waren, lebte der König Talal in seinem Königreich Burgenland sehr unzufrieden. Er war machtgierig wie alle Könige und hätte, wie sie, am liebsten die ganze Welt beherrscht. Er führte Kriege, trieb Handel und versuchte listig, Freund und Feind hereinzulegen. Mächtiger machten seine vielen Kriege ihn aber nicht; denn keiner seiner Feinde fiel mehr auf seine Kriegslisten herein.

Der letzte Krieg lag nun bereits fünfzehn Jahre zurück. König Talal war gealtert, seine Mißerfolge hatten ihn noch grimmiger gemacht.

An seinem siebzigsten Geburtstag saß der König verbittert in seinem Prunksaal, und während die Sänger seine Macht priesen, blickte er auf seine drei Söhne, die nur noch seinen Tod herbeisehnten. Er schloß müde die Augen. Wofür hatte er eigentlich gelebt? Er sah sein offenes Grab, sah seine Söhne sich bis zum letzten Blutstropfen bekriegen, sah König Luka, den schlauesten seiner Feinde, auf einem Schimmel über Burgenland reiten und schadenfroh lachend den Ort seiner letzten Ruhe schänden.

»Aufhören!« schrie der König, klatschte in die Hände und winkte angewidert ab. »Die Gäste sollen verschwinden, und dieser Trottel soll zu singen aufhören. Sonst kann er den Fischen im Meer etwas vorsingen.«

Der Saal leerte sich im Nu. Nicht einmal seine Söhne wagten zu widersprechen, obwohl der älteste bereits fünfzig und der jüngste über dreißig Jahre zählte.

»Holt mir den Fysikos her!«

Fysikos wohnte in einem großen Schloß am Meer. Schon lange Jahre stand er im Dienste des Königs. Er mixte Gift für die Pfeile, erfand riesige Steinwurfmaschinen und plante immer größere Burgen. Das alles lag aber weit zurück. Seit zehn Jahren blieben seine Experimente erfolglos.

Ängstlich betrat Fysikos den Saal, er ahnte den Ernst der Stunde. Der König sah blaß aus. Die drei Prinzen und die Minister schauten ihn stumm an. Nur der Polizeiminister grinste.

»Fünfzehn Jahre habe ich Gnade mit dir gehabt. Du liegst mir auf der Tasche und ruhst dich auf deinen Lorbeeren aus. Zu was bist du eigentlich noch nütze!« schrie der König Fysikos an.

Fysikos wollte erzählen, daß er an einem neuen Gift arbeitete, von dem die Feinde nicht mehr geheilt werden könnten. Doch der König unterbrach ihn barsch: »Hühner fressen, was! Wein saufen auf Kosten des Palastes! Ich gebe dir ein Jahr Zeit. Zaubere eine Kraft, die mir Herrschaft und Reichtum verschafft!« Und als ob der König die Gedanken des Gelehrten lesen konnte, fuhr er fort: »Gifte hin, Gifte her! Die Feinde lachen uns doch aus. Sie haben schon ein Gegenmittel, bevor meine Soldaten den ersten Pfeil abgeschossen haben. Ich will eine Kraft haben, hörst du? Eine zerstörende Kraft! Wenn du es nicht schaffst, laß ich dich köpfen!«

Fysikos schüttelte den Kopf, verneigte sich unterwürfig und verließ den Saal. Die Worte »ein Jahr Zeit« hallten noch lange in seinen Ohren. Er rief mit Gebeten und Weihrauch die Seelen seiner Ahnen, doch als diese in später Stunde erschienen und seine Frage nach einem Kraftmittel vernahmen, zuckten sie nur mitleidig die Schultern.

»Du wirst mit den Jahren immer dümmer. Was willst du deinen Kindern geben, eine bessere oder eine schlechtere Welt?«

»Eine bessere«, antwortete Fysikos beschämt.

»Dann laß die Finger davon, dein Kopf wird ohnehin bald rollen. Durch das Schwert des Königs oder das der

Zeit. Hab doch keine Angst«, mahnte ein Urahne, bevor alle wieder im dichten Rauch des Kamins verschwanden.

»Ich habe keine Angst«, flüsterte Fysikos. Doch statt das verbliebene Jahr seines Lebens die gebratenen Hühner und den süßen Wein des Palastes zu genießen, machte er sich noch am gleichen Abend an die Arbeit. Lange schritt er in seinem Zimmer auf und ab, bevor er zu dem Entschluß kam, es mit einem Kraftpulver zu versuchen. Doch soviel er auch mischte, bruzzelte und rührte, es blieben nach dem ausgeklügelten Schmelzvorgang nur Rauchwolken und ein jämmerliches, nach Kalk schmekkendes weißes Pulver zurück. Die Soldaten bekamen keine Kraft davon, sie bekamen Verstopfung.

Danach probierte er es mit einem Zaubertrank. Er mixte Säfte aus exotischen Blättern und Körnern, doch der Trank schmeckte nicht nur widerlich und gab auch keine Kraft, sondern führte bei den Soldaten zu Durchfall, so daß sie sich weigerten, weiterhin als Versuchskaninchen zu dienen. Die Offiziere teilten Fysikos aufgebracht mit, daß sie eine Armee zum Kämpfen brauchten und keine, die nur zwischen Bett und Abort hin und her liefe.

Wenn man die Monate um langsames Voranschreiten bittet, verstreichen sie schnell. Der Oktober war bereits vergangen, und Fysikos hatte nicht einmal einen Brei, einen Saft oder ein Pulver erfunden, um damit seine Haushälterin zu kräftigen.

An einem kalten Novembernachmittag ging er verzweifelt am Meer spazieren. Der Wind wirbelte das Laub des naheliegenden Waldes auf. Die Wellen zerschlugen an dem dunklen Felsen, schäumten auf und brachen erneut mit lautem Getöse über dem Felsen zusammen. Sie schlugen auf ihn ein, als wollten sie ihn zermalmen.

Plötzlich sah Fysikos etwas glänzen. Ein Glassplitter, der in den Strahlen der untergehenden Sonne glitzert, dachte er zuerst. Doch das Blinken vom Felsen herab hielt auch an, als die Sonne schon längst hinter den Bergen untergegangen war. Durch die hereinbrechende Dämmerung strahlte es sogar noch heller und schlug Fysikos in seinen Bann. Seine Neugierde erwachte wie zur Zeit seiner Jugend, in der er nächtelang gespannt die Geburt des Unbekannten erwartete, das sich aus den bekannten Zutaten in seinen Gläsern und Kolben zusammenbraute.

Entschlossen machte sich Fysikos auf den Weg hinauf zum Felsen. Er wollte das Geheimnis lüften. Andere sollten ihm nicht zuvorkommen. Mühsam kletterte er über die glitschigen Steine, die Gefahr mißachtend, in die Tiefe des Meeres zu stürzen. Sein langes weißes Gewand blähte sich im Wind und verhedderte sich zwischen seinen Beinen. Auf halbem Weg zog er es aus und kletterte nackt weiter. Erschöpft erreichte er den Gipfel des Felsens.

Was er fand, versetzte ihn in Staunen: eine alte Öllampe. In ihr brannte kein Docht, sie selbst strahlte, als wäre sie aus dem Stoff der Sonne gefertigt. Mißtrauisch näherte sich der Gelehrte diesem Wunderding. Erst jetzt spürte er seine trockene Kehle, in die sein Herz aufzusteigen schien. Vorsichtig streckte er seine rechte Hand aus. Die Lampe schien trotz ihres hellen Scheins keine Wärme auszustrahlen. Er tastete mit der Spitze seines Zeigefingers nach dem Henkel der Lampe. Sie erlosch, als er ihn berührte. Fysikos hob die Lampe auf und wendete sie mehrmals in seinen Händen. Was für ein Geheimnis barg sie? Oder war seine Mühe umsonst gewesen?

»Vielleicht war es doch eine Fata Morgana. Die Wahrheit spielt mir öfter solche dummen Streiche«, brummte er vor sich hin. »Alles umsonst ... Mein Leben habe ich wegen dieser alten Lampe aufs Spiel gesetzt.« Er hob die Lampe hoch und wollte sie den Felsen hinab ins Meer schleudern.

»Deine Mühe war nicht umsonst. Du hast alles auf dich genommen, um die Wahrheit zu erfahren. Jetzt liegt sie in deiner Hand.«

»Wer spricht da?« fragte Fysikos erschrocken.

»Ich bin der Kraftgeist, den du mühsam suchst. Ich liege seit Jahrtausenden in dieser Lampe verborgen und warte auf meinen Befreier.«

Fysikos zitterte am ganzen Leibe. Er setzte sich auf den Felsen, die Lampe hielt er ehrfürchtig in seinen Händen.

»So etwas habe ich in den alten Büchern gelesen, also gibt es dich doch.« Seine Stimme klang unsicher. »Aber sage mir bitte, bist du gut, wie es die einen, oder böse, wie es die anderen Bücher behaupten?«

»Ich und böse? Niemals! Ich erfülle jeden Wunsch meines Befreiers. Ich bin ein Sklave, wie die Hand dem Kopf versklavt ist«, antwortete die Stimme aus der Lampe umschmeichelnd und werbend.

»Gut. Es heißt aber in einigen Büchern, daß du nicht mehr zurück in die Lampe willst, wenn du einmal befreit worden bist.« Fysikos hatte sich vom Schreck erholt und seine alte Skepsis zurückgewonnen.

»Aber ja doch. Weil ich die Kraft der Sonne in mir trage, bin ich klar wie ein Sonnenstrahl.«

»Was heißt das? Kehrst du nun zurück oder nicht?«

»Doch! Ich kehre zurück, wenn du es willst. Aber jedesmal wird mir dann ein Zwillingsbruder geboren. So ist das Gesetz meiner Natur. Warum soll ich dir das verschweigen? Ich bin bereit, noch ein paar tausend Jahre auf meinen Befreier zu warten. Mir macht die Zeit nichts aus. Du mußt es dir genau überlegen.«

»Das stand in keinem Buch!« rief Fysikos erstaunt.

»Den Schreiberlingen ist die Wahrheit über mich entgangen. Sie philosophieren über Wunderlampen, doch gesehen hat mich bis jetzt noch niemand. Jahrtausende lag ich im tiefsten Meer. Heute erst hat mich eine starke

Welle herausgeschwemmt. Du hast mich als erster angefaßt. Du bist der erste, der auf der Suche nach mir alles aufs Spiel gesetzt hat.«

»Und wo wird der zweite Kraftgeist geboren?« fragte Fysikos hinterlistig.

»Wie die Sonne, die Mutter aller Kraft, rund ist, werden meine Brüder in Kreisen um mich herum geboren. Das erste Dutzend hundert Kilometer von dem Ort entfernt, an dem ich zum ersten Mal herauskomme, das zweite Dutzend zweihundert Kilometer, das dritte dreihundert Kilometer, das vierte vierhundert ...«

»Ist ja gut, wir wollen doch die Erde nicht mit Wunderlampen übersäen«, unterbrach Fysikos den aufzählenden Kraftgeist. »Aber sage mir noch, kannst du mir deine Zwillingsbrüder herholen, wenn ich es will?«

»Aber sicher. Keiner spürt meine Brüder so gut auf wie ich.«

Fysikos atmete erleichtert auf.

»Gut, dann will ich es probieren. Wie kann ich dich heraus- und wieder hineinholen?«

»Hast du es dir auch genau überlegt? Ich habe es nicht eilig.«

»Natürlich habe ich es mir genau überlegt, du Dummkopf.«

»Um mich rauszuholen, mußt du dreimal über die Lampe streichen und dabei ›bin ban bon‹ rufen.«

»Und wie gehst du wieder rein?« fragte Fysikos ungeduldig.

»Auch ganz einfach. Du klopfst mit deinem linken Zeigefinger auf die Lampe und rufst ›bon ban bin‹. Im Nu bin ich wieder drinnen.«

»Muß ich schreien, damit du mich hörst, wenn du draußen bist?«

»Nein, nein! Auch wenn du flüsterst, höre ich deinen Befehl.«

»Nun gut!« Fysikos strich mit der Hand dreimal über

die Lampe und sprach die magischen Worte, dann stellte er die Lampe behutsam vor sich auf den Felsen.

Plötzlich stieg ein weißer Rauch aus dem engen Hals der Lampe in den dunklen Himmel, breitete sich aus und formte sich zu einem übermächtigen Riesen.

Beim Anblick dieses Riesen befielen Fysikos Zweifel, ob er auch richtig gehandelt hatte. Doch schnell vertrieb er sie aus seinem Kopf. Der Riese stand mit seinen Füßen tief unten im Meer, sein Kopf ragte weit in den Himmel hinein. Als er sich vor Fysikos verbeugte, erschrak dieser so sehr, daß er sogleich auf die Lampe klopfen wollte. Doch der Riese schien friedlich zu sein. Lächelnd verbeugte er sich erneut vor seinem Befreier.

»Hebe mich hoch zu dir.« Fysikos ergriff die Lampe, und der Riese setzte ihn sanft in seine Handfläche. Die Fahrt hinauf verlief jedoch so schnell, daß dem Gelehrten übel dabei wurde. Oben angekommen, erblickte er die prächtige Hauptstadt, die tief unter ihm in ihrem Lichterglanz schimmerte.

»Jetzt fliege mich nach Hause!« befahl Fysikos dem Geist, der auch rasch die Küste entlangflog und das Haus des Gelehrten erreichte.

»Setz mich auf die Erde, aber langsam ... Du bleibst in der Luft!« Fysikos hatte Angst, der Riese könnte ihm den Garten mit seinen riesigen Füßen verwüsten.

Gehorsam blieb der Riese wie eine gewaltige Wolke über dem Haus schweben. Schnell klopfte Fysikos auf die Lampe und rief »bon ban bin«, und der Kraftgeist verwandelte sich in eine Rauchschwade, die lautlos durch den Hals in die Wunderlampe verschwand. Weit vom Haus des Gelehrten entfernt wurde in diesem Augenblick eine Wunderlampe in die Welt gesetzt.

Erst jetzt spürte Fysikos die Kälte. In der Eile hatte er sein Gewand auf dem Felsen vergessen. Schnell klopfte er an die Tür. Und bevor seine Haushälterin sich von ihrem Schreck über den mit Moos und Erde bedeckten Körper des Gelehrten erholt hatte, rief Fysikos: »Ich habe es gefunden!« Sein Gesicht strahlte.

Die Haushälterin dachte, der alte Kauz wäre nun endgültig verrückt geworden. Als dieser aber nach einer erfrischenden Dusche und einem herzhaften Nachtmahl noch bis tief in die Nacht hinein mit ihr scherzte, beruhigte sie sich wieder. Sie wagte aber nicht, nach der grünschimmernden Lampe und dem Verbleib des teuren Gewandes zu fragen.

Am nächsten Morgen zog Fysikos sein bestes Gewand an, nahm die kleine Truhe mit der Wunderlampe und verabschiedete sich von seiner Haushälterin.

König Talal war vom sicheren Auftreten des Gelehrten beeindruckt. Als er den Zweck des Besuches erfuhr, ließ er sofort seine drei Söhne und die Minister zusammenrufen.

»Nun, wo ist die Kraft, die du erfunden hast?« fragte der König ungeduldig.

Fysikos atmete tief. »Nicht aus Angst um meinen Kopf, sondern aus Liebe zu deinem Reich habe ich weder Kraft noch Zeit gespart, die Wahrheit zu erfahren«, sprach er erhobenen Hauptes.

»Nun, wo ist die Kraft?« Der Polizeiminister blickte spöttisch.

Doch Fysikos lächelte ihn an. »Hier!« rief er und öffnete die Truhe, nahm langsam die Wunderlampe heraus und stellte sie auf den kleinen Tisch.

Der Polizeiminister hatte nie etwas von Fysikos gehalten. »Das ist lustig«, rief er unter schallendem Gelächter. »Sollen wir den Feinden mit der kupfernen Lampe auf die Schädel hauen und ihnen damit heimleuchten?«

Doch Fysikos blieb gelassen.

»Glaubst du wirklich, du kannst dir diesen dämlichen Spaß mit mir erlauben?« herrschte König Talal den Alten an.

»Im Traum erlaubte ich es mir nicht, Eure Majestät. Hier ist der Kraftgeist, der dir die Herrschaft über die Welt verleiht. In diese Lampe habe ich alle Kräfte der Natur gepreßt. Wenn du befiehlst, kann ich sie befreien. Der Kraftgeist ist mein ... er ist Euer Sklave.«

Das Gelächter der Minister und der drei Königssöhne erstarb.

»Na, dann beeile dich«, rief der König ungeduldig.

»Sofort, Majestät!« Mit ausgebreiteten Armen wandte sich Fysikos zur Lampe. »Tfar ... Krehcs ... R ... R ... Eht ... si ... Tfar ... Kmota ... So sei doch mein Sklave ... so werde nach meiner Formel.« Fysikos bückte sich zum Tisch, strich dreimal über die Lampe und rief: »Bin ban bon.«

Bei dem letzten Wort strömte Rauch aus der Lampe, stieg zur Decke und füllte die hohe Kuppel des Saales. Donnerartiges Lachen ließ die Wände erzittern und die Fensterscheiben zersplittern. Mit angstverzerrten Gesichtern hatten sich die Versammelten in ihre Sessel gepreßt.

Nur Fysikos blieb gelassen. Der Riese hatte seine Hände über der Brust gekreuzt und erwartete die Befehle seines Befreiers.

Fysikos drehte sich ruhig zum König. Ein zufriedenes Lächeln umspielte seine Lippen.

»Gewaltig ...«, flüsterte der König beeindruckt. »Tut er uns nichts an?«

»Nein, er ist mein und jetzt auch Euer Sklave. Der Riese tut alles, was ich ihm befehle. Im Guten und im Bösen.« Bei den letzten Worten schaute Fysikos den Polizeiminister an.

»Im Bösen? Was meint er damit? Hat er etwa was mit uns vor?« wandte sich dieser mißtrauisch flüsternd an den König.

Doch den König interessierte das nicht. »Nun haben wir seine gewaltige Gestalt gesehen. Jetzt sollen seine

Taten sprechen, lieber Fysikos. Befiehl dem Riesen, ins Goldland zu fliegen und alles Gold bis zur letzten Münze zu holen.«

Fysikos befahl dem Riesen, dem Wunsch des Königs zu folgen. Der Riese streckte sich zum breiten Fenster. Doch seine mächtigen Schultern ließen es winzig klein erscheinen. Die Mauer gab nach und stürzte in einer dunklen Staubwolke zusammen. Hustend klopfte der König den Staub von seinem roten Gewand.

»Das hätten wir uns denken können.« Er schaute durch das riesige Loch dem Kraftgeist nach, der auf dem Weg ins Goldland in der Ferne verschwand.

Die Reise des Kraftgeistes dauerte nicht lange. Schon bald kehrte er zum Königspalast zurück. Bereits von weitem konnte man den glänzenden Goldhaufen erkennen, den er in seinen ausgestreckten Händen trug.

»Hierher!« rief Fysikos und deutete auf einen freien Platz in der Mitte des Hofes. Der Riese ließ die Goldmünzen zu Füßen des Königs fallen und flog erneut davon.

»Es ist kaum zu glauben! Echtes Gold!« Immer wieder griff der König in den großen Haufen und ließ die Münzen durch seine Finger rieseln. Nur der Finanzminister prüfte die Münzen genau und zweifelte an ihrer Echtheit.

»Natürlich sind sie echt, du Idiot!« rief der König aufgebracht. »Schau dir doch das Siegel an.« Eine neue Ladung Münzen regnete bereits vom Himmel.

»Die Wache soll das Gold in deine Schatzkammer bringen. Wenn sich dieser Reichtum herumspricht, kann man die Gier des Pöbels nicht bremsen«, riet der Polizeiminister dem König. Und während Hunderte Soldaten das Gold in Eimern in die gut bewachte Schatzkammer trugen, schaffte der unermüdliche Geist auch den letzten Heller des Goldlandes heran.

»Endlich habe ich diesen Gauner vom Goldland auf

die Knie gezwungen.« Vergnügt rieb sich der König die Hände.

An diesem Tag freuten sich aber auch viele Bewohner des Burgenlandes; denn aus den vollen Händen des Riesen fielen zahlreiche Münzen hinab auf die Erde und markierten seinen Weg. Der Reichtum sprach sich schneller herum, als der Polizeiminister befürchtet hatte, so daß sich bereits nach kurzer Zeit Tausende von Neugierigen vor den Toren des Palastes drängten und den Riesen bestaunten.

»Hunderte Paläste werde ich bauen, mit goldenen Türen und Fenstern.« Fröhlich betrachtete der König seine Soldaten, die das schwere Metall in seine Schatzkammer schleppten.

»Das kostet aber sehr viel Geld«, wandte der Finanzminister ein.

»Du elender Krämer, wozu brauche ich dich eigentlich. Du hast mich mit deiner Rechnerei zum Wahnsinn getrieben. Ab heute bin ich mein eigener Finanzminister.«

Der Finanzminister verneigte sich demütig und beeilte sich, aus dem Palast zu verschwinden. Der König könnte sich anders besinnen, dachte er, und ihn mit dem Zählen der Fische im Meer beschäftigen.

»Nun werde ich mir noch heute das Ölland und das Kupferland unterwerfen.«

»Ist das nicht ein bißchen viel auf einmal? Die Soldaten ...«, widersprach der Kriegsminister.

»Die Soldaten? Du Idiot! Kein Wunder, daß wir keine Kriege mehr gewonnen haben, seitdem du mein Minister bist. Du denkst wie gestern, obwohl wir die Kriegsmaschine der Zukunft besitzen. Auch dich brauche ich nicht mehr. Die Armee wird mit der Polizei zusammen für Ordnung sorgen. Die Kriege führe ich ohne dich. Ich bin der größte Feldherr aller Zeiten!«

Der Polizeiminister lachte sich ins Fäustchen. Er war sich seiner Sache sicher. Kriege kann der Riese führen, aber Ordnung im eigenen Land schaffen, ist nichts für Riesen. Nur tagtägliche Kleinarbeit kann Revolten im Keim ersticken, und kein König der Welt hat etwas davon, auf einem wackligen Stuhl die Welt zu beherrschen.

Der Landwirtschaftsminister jedoch bangte noch um seinen Posten. Er nahm sich vor, niemals dem Allmächtigen zu widersprechen, selbst dann nicht, wenn dieser von ihm verlangte, den Schweinen das Eierlegen beizubringen.

»Nun laß den Riesen den König des Goldlandes herbeischaffen. Er soll mein persönlicher Sklave werden.«

Der König trat vor den Palast den versammelten Burgländern entgegen. »Heute das Goldland, das Kupferland und das Ölland und morgen die ganze Welt!« Die Massen jubelten ekstatisch.

»Gewiß, gewiß!« flüsterte der Polizeiminister. »Mit der neuen Macht könnt Ihr jeden König stürzen. Die Länder müssen aber verwaltet werden, sonst bleiben nur Trümmer übrig, in denen Mörder und Diebe ihr Unwesen treiben.«

Der König wurde nachdenklich. Er hatte sich auf seinen tüchtigen Polizeiminister immer verlassen können. »Acht Mordanschläge und sechs Putsche hat dieser alte Fuchs verhindert. Er weiß, wovon er redet«, überlegte er sich.

Doch seine Gedanken wurden vom Riesen unterbrochen, der den zu Tode verschreckten König des Goldlandes unsanft auf den Boden setzte. Der fiel sogleich vor König Talal auf die Knie und flehte: »Ich und mein Volk sind deine Sklaven. Hab Erbarmen mit uns!«

Doch König Talal beachtete ihn kaum. »Ab heute wird mein ältester Sohn Goldland beherrschen. Der Riese soll sich sofort mit ihm auf den Weg machen.«

Nach ein paar Stunden war auch das Kupferland in die Hand des Königs gefallen. Und er machte seinen zweiten Sohn zum Statthalter der neuen Provinz.

»Nun ziehe los und unterwerfe mir das Ölland!« befahl der König dem Riesen, in seiner Gier unersättlich. Doch der rührte sich nicht. Wütend befahl er erneut: »Tu, was ich dir sage!«

Doch der Riese verharrte regungslos. »Ich habe Hunger.« Es klang wie Gewittergrollen.

»Was?! Essen diese Monster auch?« Der König wandte sich an seinen Gelehrten.

»Eure Majestät, aus nichts kommt auch nichts. Nach so einer Arbeit wäret auch Ihr hungrig geworden.« Alle lachten erleichtert auf.

»Gebt ihm zu essen und zu trinken; denn heute noch muß ich das Ölland besitzen.«

Der Riese flog zum Weinberg, setzte sich auf den Hügel und zerstörte Tausende Weinreben. Er packte eine Kuh von der nahegelegenen Weide, stopfte sie in sein großes Maul, als wäre sie eine Erbse, und ließ innerhalb kurzer Zeit vierzig weitere Kühe folgen. Dann entwurzelte er eine Eiche, schälte ihren Stamm und stocherte damit in seinen Zähnen. Die Bauern verfolgten entsetzt, auf den Dächern ihrer Häuser stehend, das grausige Schauspiel.

Das ist heller Wahnsinn, dachte der Landwirtschaftsminister.

»Solange er mir die Herrschaft sichert, kann er so viele Kühe fressen, wie er will.«

»Aber sicher, Majestät«, murmelte der Landwirtschaftsminister.

Doch viele Bauern weinten um ihre Felder und Kühe. Und manch einer verfluchte den König und dessen Kraftgeist.

»Jetzt hat er aber genug gefressen. Hole ihn her!« wies der König Fysikos an. Doch der Riese gähnte laut und knickte die Obstbäume der umliegenden Plantagen: »Riesen arbeiten nach dem Essen nicht.«

»Hole ihn schnell in die Lampe, sonst fegt er unsere Stadt hinweg«, rief der Polizeiminister.

Fysikos nahm die Lampe, klopfte dreimal dagegen und rief: »Bon ban bin.« Der Riese verwandelte sich in Rauch, der lautlos in der Lampe verschwand.

»Jetzt hat er nur diese drei Worte gebraucht. Das komplizierte Gelaber diente allein dazu, uns zu täuschen«, dachte der Polizeiminister. Leise sagte er zu seinem König: »Ich muß diesen Zauberspruch bald wissen, sonst mußt du dein Weltreich mit diesem Verrückten teilen.«

Weit enfernt vom Palast wurde in diesem Augenblick eine Lampe geboren, die der ersten wie ein Zwilling zum Verwechseln ähnlich war.

Am Abend ließ König Talal eine große Tafel decken. In der Ecke des Saales spielte der Hofmusikant auf der Harfe. Der König ließ sich an der einen Seite des Tisches nieder. Zur Linken saß sein Sohn und rechts von ihm der Polizeiminister. Auf der anderen Seite, in gebührendem Abstand, saßen der Landwirtschaftsminister und Fysikos.

»Ihr seid meine Freunde«, rief der König und hob sein Glas. »Laßt uns die heutigen Siege begießen und uns auf die morgigen freuen. Mein Sohn, morgen bist du Statthalter von Ölland.« Alle leerten die Gläser. Der Polizeiminister gab ein Zeichen, dem Gelehrten sofort nachzuschenken, während er an diesem Abend nur Orangensaft trank und hellwach blieb. Er verleitete Fysikos, einen Becher Wein nach dem anderen zu trinken. Nach dem fünften Becher lallte Fysikos nur noch unverständliche Worte.

»Jetzt ist es soweit«, flüsterte der Polizeiminister dem König zu, und dieser schickte mit einer Handbewegung alle Diener und Musikanten aus dem Saal.

»Kannst du jetzt noch den Riesen herausholen?« fragte der Polizeiminister spöttisch.

Fysikos schaute überrascht vom Huhn auf, das er mit beiden Händen festhielt. »Natürlich ... kann ... ich«, lallte er.

»Das glaube ich nicht!«

Fysikos fühlte sich an seiner Ehre gepackt, legte sein Huhn zurück in die große Schüssel, wischte sich die fettigen Hände ab und schaute den König verwundert an.

»Zeig es ihm«, grinste der König.

Mit unsicheren Schritten bewegte sich Fysikos zu dem kleinen Tisch neben dem König, auf dem die Wunderlampe stand. Er nahm die Lampe in die Hand, strich dreimal mit dem Finger darüber und rief: »Bin ban bon.« Und sofort stieg Rauch aus der Lampe zur Decke auf. »Seht ... Ihr ... ich kann ... es ... immer. Auch ... wenn ich betrunken ... bin.«

»Ihn rauszuholen war leicht, kannst du ihn aber auch in die Lampe zurückholen?«

»Nichts ... leichter ... als ... das. Bon ban bin.« Fysikos klopfte dreimal auf die Lampe, und der Rauch zog gehorsam in die Lampe zurück.

Der Polizeiminister begriff schnell, daß nur die einfachen Silben »bin ban bon« den Riesen aus der Lampe holten. Er wußte aber nicht, daß weit vom Palast entfernt ein Zwilling des Riesen geboren wurde.

Listig veranlaßte der Polizeiminister Fysikos noch einmal, den Riesen herauszuholen und ihn wieder verschwinden zu lassen.

»Jetzt aber genug gespielt!« befahl der König, der sich jetzt auch des Spruches sicher war. »Gib die Lampe her!« Er klatschte in die Hände und befahl den herbeieilenden Wächtern, Fysikos ins Gefängnis zu werfen. Das Gelächter des Polizeiministers übertönte laut das Zetern des Gelehrten.

»Nun laß es uns probieren.« Der König strich dreimal über die Lampe. »Bin ban bon.« Der Rauch stieg auf. Er fand ein so großes Gefallen an dem Spiel, daß er in dieser Nacht den Riesen noch elfmal herausholte und wieder verschwinden ließ. Auch er ahnte nicht, daß in dieser Nacht elf weitere Ebenbilder des Riesen geboren wurden.

Müde geworden fragte er zu später Stunde seine zwei Minister: »Wer von euch beiden will die Wunderlampe verwahren?«

»Bei mir ist sie bestens aufgehoben. Ich lasse hundert Polizisten mein Haus rund um die Uhr bewachen«, prahlte der Polizeiminister schnell.

»Und wie steht es mit dir?« wandte sich der König seinem Landwirtschaftsminister zu.

»Ich verstehe von diesen Dingen nichts. Die Wunderlampe ist am besten bei Eurer Majestät aufgehoben.«

Der Polizeiminister erbleichte. Er erkannte, daß ihn der alte König hereingelegt hatte und ärgerte sich, seine Habgier nicht bezwungen zu haben.

»Du elender Gierschlund. Ich habe es immer gewußt. Du dachtest, ich sei verkalkt, und es wäre für dich ein leichtes Spiel, Lampe und Macht an dich zu reißen.« Boshaft klatschte der König in die Hände und befahl seinen Wächtern, den Polizeiminister den Löwen zum Frühstück vorzuwerfen.

Der Landwirtschaftsminister durfte sich weiterhin um die Kühe kümmern. Er war an diesem Tag zum ersten Mal glücklich, nicht der Polizei des Reiches vorzustehen.

Bereits am nächsten Tag richteten die Diener im südlichen Teil des Palastes eine Befehlszentrale des Königs her. Ein großer Saal, karg möbliert: ein kleiner Tisch aus Ebenholz, ein Erdglobus und ein mächtiger Sessel.

König Talal war an diesem Morgen etwas beunruhigt. Er hatte nur wenig gegessen. Ölland mußte erobert werden. Erst als der Riese seine Ergebenheit bekundete, atmete König Talal erleichtert auf.

»Fliege nach Ölland und unterwerfe es mir. Wenn die Bewohner sich widersetzen, mache das Land dem Erdboden gleich. Nimm gleich meinen Sohn mit, denn er ist ab heute Statthalter von Ölland, unserer neuen Provinz.« Und zum Sohn gewandt: »Vergiß nicht, ich bin dein Vater und König. Du weißt, wie ich Abtrünnige strafe.«

Als der Riese durchs Fenster entwich, stürzte die Mauer des Saales zusammen. Der König zog in einen kleinen Saal im östlichen Teil des Palastes um und schwor, den Riesen nur noch draußen aus der Lampe zu holen.

Die Stunden vergingen. König Talal schritt unruhig auf der Terrasse hin und her. Nicht einmal die Mitteilung seines Landwirtschaftsministers interessierte ihn, daß er viertausend Kühe beschlagnahmt hätte, damit der Riese für die kommenden hundert Tage Kraft sammeln konnte.

Erst gegen elf Uhr kehrte der Riese zum Palast zurück und erzählte, daß das Volk Öllands bis in den letzten Winkel gekämpft und er deshalb den Befehl ausgeführt hätte, das Land zu zerstören. Das ganze Land stünde in Flammen.

»Und wo ist mein Sohn?« fragte der König entsetzt.

»Ich habe ihn auf den höchsten Gipfel des Landes gebracht. Dort ist er vor den Flammen in Sicherheit.«

»Du Idiot, was soll er auf dem Berg. Geh hin und hole ihn zurück!« Verärgert zog der König sich in seinen Palast zurück.

Schon nach kurzer Zeit kam der Geist mit dem jüngsten Sohn des Königs zurück. Krachend zerbrach die Mauer des östlichen Saales.

»Kannst du nicht warten, bis ich mit der Lampe auf die Terrasse hinaustrete?«

»Ich erfülle alle deine Befehle.«

»Jetzt zieh nach Silberland, und mache es mir untertan!«

»Ich habe Hunger«, antwortete der Riese, als hätte er den Befehl nicht vernommen.

»Dann geh und friß. Danach kannst du Silberland auch noch erobern.«

Der Riese setzte sich auf die Wiese. Eine Kuh nach der anderen wanderte in seinen riesigen Rachen.

»Ist er noch nicht fertig?« wollte der König nach einer halben Stunde vom Landwirtschaftsminister wissen.

»Euer Majestät, er hat bisher zweiundneunzig Kühe gefressen.« Blaß beobachtete der Minister die Szene. Das Ungetüm warf die dreiundneunzigste Kuh in sein Maul, stand dann aber auf und flog zum großen Fluß. Dort schlürfte er mit ohrenbetäubendem Lärm das ganze Wasser. Unzählige kleine Schiffe wurden vom Sog erfaßt und zerschellten hinter dem Riesen auf dem Grund des Flusses. Die Fische verendeten unter der sengenden Sonne.

»Eine Katastrophe!« Mit zitternden Händen ergriff der König die Lampe. Er klopfte verzweifelt, aber der Riese verwandelte sich nicht zu Rauch.

»Der Spruch, Euer Majestät, der Spruch!«

Und erst als der König die Zauberworte rief, kehrte der Riese in die Wunderlampe zurück. Das Wasser des Flusses stürzte jetzt in hohen Wogen herbei und riß die Boote des oberen Laufes mit sich.

König Talal zog mit seinem Sohn und dem Minister für Landwirtschaft in den westlichen Teil des Palastes. Lange betrachtete er die Lampe. Dann brach er sein eisiges Schweigen: »Ist sie nun ein Segen oder ein Fluch?« Weder der Prinz noch der Minister antworteten.

Lautes Geschrei unterbrach die wieder eingetretene Stille. Die drei eilten zum Fenster und sahen den zweiten Sohn des Königs, der sich, zerlumpt wie er war, nur mühsam den Weg durch die heulenden Hofdamen bahnen konnte.

»Was ist passiert? Warum bist du nicht in Kupferland geblieben?« fragte ihn der König.

»Was soll ich da? Der Riese hat alles kurz und klein geschlagen. Nur ein alter Mann saß noch vor seiner zerstörten Hütte. Als ich ihn aufforderte, wieder das Land zu bebauen, sagte er zu mir, ich wäre der Zerstörungskönig. Ich sollte über Asche und Leichen herrschen und mit ihm auf den Tod warten.«

Die vier schwiegen sich lange an, starrten auf die Wunderlampe und ließen dann wieder ihre Blicke auf den

Gesichtern der anderen ruhen, als ob sie deren geheimste Gedanken erforschen wollten. Jeder überlegte, wie er sich am besten in den Besitz der Lampe bringen könnte.

Ein tiefes Grollen riß sie aus ihren Gedanken.

»Ergebt euch. Ihr seid die Sklaven Husseins. Wenn nicht, mache ich alles dem Erdboden gleich.« Ein Riese kreiste über dem Palast.

»Das verstehe ich nicht«, flüsterte König Talal erschreckt mit trockener Kehle. Seine Wunderlampe stand noch immer vor ihm auf dem Tisch. »Wer ist dieser Hussein?«

Hussein war ein Bauer. Er lebte weit entfernt vom Palast, liebte seine Kühe und achtete den König und dessen Soldaten, bis sie seine Kühe beschlagnahmten. An diesem Tag verließ er seinen Bauernhof und irrte ziellos durch die Wälder. Dort stieß er auf eine Wunderlampe. Zunächst wollte er sich nur an dem König rächen, doch dann überlegte sich der schlaue Bauer, er könnte auch so mächtig werden, wie König Talal selbst. Er beauftragte den Riesen, ihm das Burgenland zu unterwerfen und den König auszuliefern.

König Talal zitterte vor Wut. Er strich dreimal über die Lampe und sprach die magischen Silben.

»Geh hinaus! Schütze mein Reich und töte den Riesen!«

Der Riese flog durchs Fenster, zerstörte dabei die Mauer des Saales und stieg in den Himmel hinauf, wo der andere Riese seine Kreise zog. Doch zur grenzenlosen Empörung des Königs kämpften die beiden Riesen nicht miteinander, sondern begannen, wild miteinander zu tanzen. Sie entfachten dabei einen Sturm, der die Bäume wie Streichhölzer knickte.

Drohend versammelten sich die aufgebrachten Bauern vor dem Palast und forderten vom König, den Riesen zurückzurufen und sich dem Hussein zu ergeben.

»Lieber tot sein, als ein Sklave!« Der König klopfte sich

auf die Brust und befahl mit heiserer Stimme seinen Soldaten, die aufgebrachte Menge zu vertreiben.

Doch die liefen mit dem Ruf: »Dann sterbe lieber alleine!« zu den Bauern über.

»Nieder mit dem König!« Der tausendstimmige Chor brandete immer lauter gegen den Palast. Frauen und Männer stürmten hinein, ergriffen den König, seine Söhne und den Minister und warfen sie ins Gefängnis. Dort fanden sie Fysikos, der den Bauern die wahre Geschichte der Wunderlampe erzählte.

»Zuerst muß der Riese alle Wunderlampen einsammeln. Wir probieren alle Lampen aus, bis der zweite Riese in seiner Lampe verschwindet«, meinte Ali, der Metzger.

»Dann entsteht aber eine neue Lampe«, wandte einer der Soldaten ein.

»Wir lassen den Riesen auch diese suchen.«

»Und was machen wir mit dem Riesen? Soll er auch zurück in die Lampe?« wollte eine Frau wissen.

»Auf keinen Fall. Wir müssen ihm eine Aufgabe stellen, die er nie lösen kann.« Die Bäuerin lächelte verschmitzt.

Ein Bauer nahm die Wunderlampe, tat, wie ihm Fysikos gesagt hatte und befahl dem Riesen, alle Lampen einzusammeln. Der andere Riese dagegen setzte sich schweratmend auf die Weide und verspeiste die restlichen Kühe.

Mittlerweile beratschlagten die Menschen im Hofe des zerstörten Palastes, welche Aufgabe sie dem Riesen stellen könnten.

»Vielleicht könnte er die Wolken sammeln«, meinte ein alter Mann.

»Die Idee ist gut, aber der Riese bleibt dann hier und frißt weiterhin unsere Kühe.«

»Er muß von der Erde verschwinden«, überlegte Ali.

»Jawohl!« nickte der Schuster eifrig. »Er soll zur Sonne fliegen und sie bewachen, damit sie nicht ausgeht.«

Nach längerer Zeit kehrte der Riese mit einer großen Zahl sich genau gleichender Wunderlampen zurück. Sofort begannen die im Palast versammelten Menschen, sie auszuprobieren. Minutenlang konnte man nur das »bon ban bin« hören.

Plötzlich ein Schrei! »Der Riese löst sich in Rauch auf!« Tatsächlich, dort wo der Riese noch vor kurzem gierig Kuh um Kuh verschlungen und sich dann laut gähnend zur Ruhe gelegt hatte, stand eine Rauchwolke über der Weide, die fast lautlos zurück in eine der Lampen strömte.

Der Metzger Ali befahl dem letzten Riesen, auch die neu entstandene Lampe zu holen. Der Riese tat, wie ihm geheißen.

»Und jetzt, deine wichtigste Aufgabe«, befahl Ali dem Riesen stolz. »Nimm diese Streichhölzer und fliege hinauf zur Sonne. Du mußt sie bewachen, damit sie nicht ausgeht!«

Der Riese flog davon und die Versammelten verfolgten seinen Flug mit den Augen, bis der Riese zu einem kleinen Punkt wurde, der im blauen Himmel verschwand.

Die Bauern hatten Angst, die Wunderlampen ins Meer oder ins Feuer zu werfen. Sie entschlossen sich, sie in einen Sack zu stecken und an einem geheimen Ort in der Wüste zu vergraben. Drei junge Leute ritten tagelang hinein in die Wüste; sie kehrten noch gerade rechtzeitig zurück, um den letzten Tag des großen Festes zu erleben, das die Burgenländer wegen der Befreiung vom König und vom Riesen feierten.

Weit entfernt von der Erde umkreist der Riese die Sonne, und dabei lächelt er so sonderbar; denn in einem von euch gar nicht so weit entfernten Wald ließ er eine kleine, alte Lampe zurück, deren Strahlen durch das dichte Laub der Bäume hindurchdringen.

Die Flöhe von Maria

Meiner Schwester Maria
und allen unheiligen Marias

Die kleine Frau Maria besaß weder ein Haus noch ein Feld, nur einen kleinen aufklappbaren Tisch und zwei bunte Schachteln. In der kleineren lebten ihre zehn Flöhe, und in der anderen bewahrte Maria winzige Karren, Stühle, Regenschirme und ein kleines Klavier auf. Das war ihr Flohzirkus, und sie war so stolz darauf, als wären die Schachteln prächtige Schlösser und die Flöhe edle arabische Pferde.

Sie zog von Stadt zu Stadt und von Dorf zu Dorf, und wenn sie einen Dorfplatz oder eine belebte Straße in einer Stadt erreichte, klappte sie ihren kleinen Tisch auf und rief mit ihrer kräftigen Stimme: »Meine Damen und Herren! Die Attraktion des Tages! Der schönste Flohzirkus der Welt gastiert heute und hier! Kommen Sie näher und schauen Sie meinen Artisten zu! Sie sind eine Sensation. Kommen Sie näher, und sehen Sie selbst die Kunst meiner Flöhe. Sie tanzen und spielen Musik für Sie. Es kostet nichts! Meine Damen und Herren! Kommen Sie näher!«

Sie rief immer lauter, bis sich die Neugierigen um sie versammelten. Dann machte sie die große Schachtel auf und stellte die Karren, Stühle und das winzige Klavier auf einen Tisch und baute ein kleines Hochseil auf. Alles machte sie ganz langsam, so daß die Spannung des Publikums wuchs. Sie prüfte noch ein letztes Mal, ob alles seinen richtigen Platz hatte, dann strahlte sie ihr Publikum an und sprach leise.

»Ich bitte um Ruhe, damit meine Flöhe meine Stimme hören.« Das Publikum lachte, doch dann wurden die Leute ruhig, weil Maria nichts tat, solange sie nicht ganz still waren.

»Guten Morgen«, sagte sie, als sie die kleine Schachtel öffnete. Die Flöhe antworteten im Chor: »Guten Tag, Maria.«

Natürlich hatte keiner die Stimmen der Flöhe gehört. Sie dachten, es sei alles nur ein großer Spaß. Maria aber konnte tatsächlich mit ihren Flöhen reden.

»Fix, Dix und Mix, wollt ihr mit dem Karren spielen?« fragte sie höflich, und die Zuschauer staunten, als drei Flöhe, die man kaum sah, die drei kleinen, bunten Karren hin und her schoben.

»Danke, das ist genug! Applaus, bitte Applaus für meine hervorragenden Artisten!« rief Maria. Die Leute applaudierten belustigt. Nur die wenigen, die vorne standen, konnten sehen, daß die Flöhe sich wie Zirkusartisten dankend verneigten.

»Und nun, meine Damen und Herren, bitte ich um Ruhe, denn jetzt werden Bil und Dil über das gefährliche Hochseil balancieren und einen Schirm tragen. Sie sind die einzigen Flöhe auf der Welt, die sich ohne Netz auf das hohe Seil wagen.«

Die Menschen streckten ihre Hälse, um besser sehen zu können. Bil und Dil sprangen munter aus dem kleinen Kasten, nahmen zwei kleine, rote Regenschirme und sprangen mit einem Satz auf das Seil hinauf. Mancher Zuschauer hielt mit offenem Mund den Atem an, denn das Seil war tatsächlich sehr hoch für einen kleinen Floh.

»Danke Bil, danke Dil, Applaus für die Tapfersten unter den Tapferen!« Und das Publikum spendete gerne Beifall.

»Und nun die Sensation!« rief Maria laut. »Meine Damen und Herren, bei mir sehen und hören Sie die einzigen, aber wirklich einzigen Flöhe der Welt, die Musik spielen können. Darf ich Sie um Ruhe bitten?« Sie blickte in den kleinen Kasten. »Meine Lieben, Ding, Dang und Dong, darf ich bitten?« fragte sie mit sanfter Stimme, während einige Leute in der hintersten Reihe »Pssst,

Pssst!« riefen, damit auch sie noch etwas hören konnten. Da ertönte plötzlich eine muntere Weise auf dem Klavier, und die vorderen Leute konnten sehen, wie die Tasten von den springenden Flöhen gedrückt wurden.

»Es ist wirklich Musik!« riefen einige Menschen erstaunt.

»Es hört sich gut an«, bestätigten andere, und aus den hinteren Reihen hörte man wieder das »Psst, Psst«, weil man dort nichts mehr hören konnte. Die Leute vorne verstummten wieder, so daß alle die Melodie bis zum Ende verfolgen konnten.

Maria lächelte zufrieden und bedankte sich bei den Flöhen. Die sagten zu ihr: »Nichts zu danken, das machen wir doch gerne«, aber keiner außer Maria hörte die Antwort.

»Und nun, meine Damen und Herren, frage ich meine lieben Flöhe Li und Bi, ob sie Lust haben, ein Spiel vorzuführen. Sie sind berühmt für ihre Sprünge. Sie haben schon über einen Meter geschafft, sie sind die absoluten Weltmeister. Doch seit einer Weile sind sie ineinander verliebt und wollen den ganzen Tag nur noch schmusen.«

Sie wandte sich zu dem kleinen Kasten und fragte laut: »Na, ihr Lieben, wollt ihr heute springen?«

Li und Bi drehten sich kurz zu ihr um und sagten verlegen: »Nein, wir wollen lieber weiter schmusen, das macht mehr Spaß«, und sie umarmten sich wieder und fielen auf das weiche Tuch, das Maria ihnen in eine Ecke gelegt hatte.

»Nein, sie wollen weiter schmusen. Es ist auch schöner.« Maria schloß leise den Kasten.

»Nun, meine Damen und Herren, wenn Ihnen mein Zirkus gefallen hat, bitte ich Sie um eine kleine Spende. Wer nicht bezahlen kann oder will, war mein Gast. Er braucht sich nicht zu genieren. Es ist schön, Gäste zu haben. Kinder sind sowieso meine Gäste.«

Die Zuschauer klatschten und legten viele Münzen auf

den Tisch. Auch Kinder holten ihre Groschen und wollten zahlen, aber Maria streichelte ihre Haare. »Kauft euch lieber etwas Leckeres«, sagte sie, und die Kinder hatten tagelang kein anderes Gesprächsthema.

Für das Geld kaufte Maria etwas zu essen und zu trinken und suchte dann einen verlassenen Hof oder eine alte Scheune, um dort zu übernachten. Denn sosehr die Leute Maria lustig fanden, keiner wollte sie zu Gast haben. Sie hatten alle Angst, einer der Flöhe könnte die Schachtel verlassen und sich unter ihren Kleidern einnisten. Sie wußten natürlich nicht, daß die Flöhe sich bei Maria wohl fühlten und sie um nichts in der Welt verlassen hätten.

Eines Tages verirrte Maria sich auf dem Weg zu einem Dorf, das sie sonst auf ihrer Reise besuchte. Nach langen Tagen der Wanderung sah sie endlich eine Stadt in der Ferne. Sie freute sich, denn die lange Reise hatte sie sehr ermüdet.

Die Stadt hatte hohe Mauern, und an dem großen Tor hing ein Schild mit dem Namen der Stadt. »Weberstadt«, las Maria laut und wunderte sich, daß sie diese Stadt noch nie auf ihren Reisen gesehen hatte. Sie staunte über die vielen kleinen Hütten, die alle gleich ärmlich aussahen, und hörte im Vorbeigehen das Geklapper von vielen Webstühlen. Die Bewohner eilten durch die Straßen. Sie sahen in ihren Lumpen sehr bekümmert aus.

Als Maria weiter in die Stadt hineinging, sah sie ein Schloß mit noch höheren Mauern als die der Stadt. Soldaten bewachten das große Tor und blickten streng auf jeden, der ihnen nahekam. Maria wollte auf dem Platz vor dem Schloß ihren Tisch aufbauen, aber einer der Wächter fuhr sie barsch an:

»Weitergehen und nicht herumlungern!«

Maria erschrak, klappte ihren Tisch wieder zusammen und eilte davon. In einer entfernten Straße hielt sie an und stellte dort ihren Tisch auf, aber sosehr sie sich auch bemühte, keiner der Leute blieb bei ihrem kleinen Zirkus stehen. Und selbst, wenn Kinder, die müde schwere Stoffballen schleppten, Maria neugierig anschauten, riefen ihre Eltern, sie sollten sich beeilen.

Von einem alten Mann erfuhr Maria schließlich, daß die Weber für den Stadtherrn, einem grausamen Riesen, den ganzen Tag und manchmal auch in der Nacht bunte Stoffe weben mußten. Wer seinen Stoff nicht rechtzeitig ablieferte, wurde von den Wächtern abgeholt und vom Riesen aufgefressen.

Kurz vor Sonnenuntergang erschien der Riese auf der Mauer seines Schlosses. Er trug ein purpurrotes Gewand.

»Wo bleibt ihr denn so lange. Soll ich wieder einige von euch verspeisen?«

Maria erschrak. Die Weber eilten, niedergedrückt von den Stoffballen, zum Schloß und legten ihre Last vor dem Eingang ab. Der Riese lachte schallend und zufrieden, während die Wächter die Ballen in das Schloß trugen.

Als die Dunkelheit hereingebrochen war, lud der freundliche alte Mann Maria zu sich ein. Er teilte mit ihr sein karges Essen und fragte sie spät in der Nacht, ob sie lieber auf dem Sofa oder auf der Matratze schlafen wollte. Maria staunte über die Gastfreundschaft des alten Mannes.

»Hast du keine Angst vor meinen Flöhen?« fragte sie.

»Ach was, ich hab selber welche. Einer mehr oder weniger, was macht das schon?« Der alte Mann lachte verschmitzt. »Vielleicht freuen sich meine, auch einmal einen Zirkus zu sehen.«

Maria stellte den Tisch mitten in das kleine Zimmer und führte ihre Artisten dem alten Mann und seinen Flöhen vor.

Abend für Abend beobachtete Maria den Riesen, der Tag für Tag größer wurde und immer neue, bunt glänzende Kleider trug.

»Irgend etwas stimmt nicht mit diesem Riesen. Seine Hände sind riesig, seine Beine mächtig, und seine Schultern werden von Tag zu Tag breiter, aber sein Kopf ist immer noch so groß wie am ersten Tag«, murmelte sie am siebten Tag leise vor sich hin. Plötzlich hellte sich ihr Gesicht auf.

»Ja!« rief sie begeistert. »Ja, es sind seine Kleider, die ihn groß machen. Man müßte ihm seine Kleider wegnehmen. Aber wie soll ich das nur anstellen?« fragte sich Maria, fand jedoch keine Antwort. Abends sprach sie mit dem alten Mann darüber. Doch der nickte nur bekümmert. »Das wissen einige bereits, aber keiner wagt es, in das Schloß hineinzugehen. Die Wächter sind sehr brutal.«

Das hatte Maria selbst erfahren. Immer, wenn sie dem Schloß zu nahe kam, scheuchten die Wächter sie grimmig davon.

»Wie könnte man ihm nur seine Kleider wegnehmen?« Diese Frage stellte sich Maria in den folgenden Tagen immer wieder. Plötzlich hörte sie einen der Flöhe gegen den blechernen Deckel seiner Schachtel klopfen.

»Mach doch mal auf!« hörte sie seine leise Stimme. Sie öffnete den Deckel. Bi atmete erleichert auf.

»Ich klopfe schon seit einer Ewigkeit«, rief der Floh etwas verärgert.

»Ja, Bi hat eine gute Idee«, fügte Li stolz hinzu.

»Wir können den Riesen zwingen, seine Kleider auszuziehen und nur noch nackt herumzulaufen«, sagte Bi.

Maria schaute beide Flöhe verwundert an.

»Ihr? Wie denn? Das können noch nicht einmal zehn tapfere Männer!«

»Ja, aber wir sind tapferer als zwanzig Männer. Wir lieben uns nämlich«, antwortete Li und wäre fast vor Stolz geplatzt.

»Und was wollt ihr machen?« fragte Maria voller Sorge. »Ihr seid doch viel zu klein!«

»Ach was, klein! Um so besser, du wirst sehen!« antwortete Bi und hüpfte mit Li aus dem Kasten. Sie verabschiedeten sich von Maria und ihren Freunden, sprangen mit einem gewaltigen Satz zur Tür hinaus und machten sich auf den Weg zum Schloß. Die anderen Flöhe stöhnten voller Sorge. Mix konnte sich am wenigsten beruhigen, weil er beide sehr gern mochte. »Sie sagten, sie können nicht mehr herumschmusen, wenn es dir und uns schlecht geht«, schluchzte er.

Maria schaute besorgt auf das Schloß und die hohe Mauer und fragte sich, wie die zwei mutigen Flöhe hineingelangen wollten. Doch als einer der Wächter anfing, sich zu kratzen, lächelte sie still in sich hinein.

Li und Bi hielten sich im dichten Haar des dicken Wächters verborgen und schmuggelten sich so in das Schloß hinein. Sie konnten auch unbemerkt in die Räume des Riesen hüpfen, denn keine Tür und kein Wächter konnten sie aufhalten. Sie schlüpften einfach durch die Ritzen der Türen und die Beine der Wächter, ohne daß diese es bemerkten. An ihrem Ziel angelangt, erblickten sie den Riesen. Li erschrak vor dem gräßlichen Ungetüm und wollte ängstlich zurückgehen, aber ihr Freund Bi faßte sie an der Hand. »Er sieht uns doch nicht, das hast du doch selbst gesagt!« Li bekam wieder Mut.

Der Riese saß auf seinem Thron, seine riesigen Arme und Beine waren weit ausgestreckt, während Diener auf Leitern und Holztreppen standen und ihn fütterten. Einer gab ihm Essen, der andere wischte ihm seinen Mund ab, der dritte goß ihm Wein in den Rachen und ein vierter sagte nach jedem Schluck oder Biß: »Wohl bekomm's.« An die zehn Diener rannten um einen Tisch herum und schnitten Brot, Fleisch und Käse in kleine Happen und reichten sie weiter die Treppe hinauf.

Mit weiten Sprüngen durchquerten Li und Bi den großen Saal und schlüpften durch die Hosenbeine des Riesen. Hundertdreißig Hosen trug dieser übereinander, und als Li und Bi die letzte Hose erreicht hatten, stellten sie erstaunt fest, daß die Beine des Riesen aus Blech waren.

»Wie ist das möglich?« fragte Li und schnappte müde nach Luft. »Kann Blech denn leben, essen und trinken?«

»Nein, das kann Blech natürlich nicht«, antwortete Bi.

Plötzlich erbebte das Bein, und Li und Bi mußten sich an der Hose festklammern, damit sie nicht herunterrutschten. Das Blechbein war sehr glatt.

Der Riese begann laut zu brüllen, die Diener sollten verschwinden. Li und Bi konnten hören, wie die Diener mit schnellen Schritten aus dem Zimmer eilten und die Tür laut hinter sich zuschlugen. Dann bewegte sich der Riese mit großen Schritten auf das Badezimmer zu, wo zwei seiner treuesten Vasallen ihm ein Kleid nach dem anderen auszogen, damit er sich baden konnte. Nachdem der Riese auch das letzte Hemd ausgezogen hatte, sahen Li und Bi, daß er in Wirklichkeit ein Winzling war. Er stand auf hohen, blechernen Beinen und trug lange blecherne Arme. Der kleine Riese stieg über eine Leiter von dem Blechgestell herunter und legte sich wohlig in die marmorne Badewanne. Pfeifend und singend badete sich der Schloßherr.

Li und Bi kochten vor Wut. »Warte nur ab!« brummten sie gemeinsam und verschwanden.

Nach ein paar Tagen bekamen beide Hunderte von Kindern, die alle in die Kleider des Riesen krabbelten, aber sich sehr still verhielten. Und nach einigen weiteren Tagen zählte die Familie von Li und Bi dreitausendfünfhundertsiebenundneunzig Kinder und Kindeskinder.

»Zweitausend bleiben bei uns und dem Riesen, die anderen verteilen sich auf alle Wächter und Diener des Schlosses. Sobald der Riese am Abend das erste Wort von der hohen Mauer herab spricht, beißt ihr euch in sein

Fleisch hinein, und laßt nicht mehr los. Jetzt habt ihr noch ein bißchen Zeit, um eure Zähne zu schärfen, dann geht es los.«

Die Flöhe verabschiedeten sich kichernd und verteilten sich wie verabredet. Bi rief ihnen noch zu: »Kinder, das wird unser größter Auftritt!« Danach war kein einziger Floh mehr zu sehen.

Der Riese erschien an diesem Tag etwas früher als sonst, als hätte er es eilig, die Stoffballen einzutreiben. Er holte tief Luft und wollte laut: »Na, ihr Faulenzer« schreien, aber er hatte das erste Wort noch nicht zu Ende gesprochen, als er Tausende Stiche am ganzen Körper spürte. Und mit seinen blechernen Händen konnte er sich nicht einmal kratzen.

»Kratzt mich doch mal, ihr blödes Pack, es juckt mich!« befahl er laut seinen Dienern, aber die wälzten sich genau wie die Wächter bereits auf dem Boden; denn es hat sie ja genauso gejuckt wie den Riesen. Um sich besser kratzen zu können, zogen sich einige sogar ihre Kleider aus.

Der Riese wäre gerne ihrem Beispiel gefolgt, doch er konnte sich ja nicht alleine von seinen vielen Kleidern befreien. Er zappelte hilflos auf seinem Blechgestell, bis er so stark schwankte, daß er den Halt verlor und zu Boden krachte. Nur mit größter Mühe konnte er sich aus seinen Kleidern winden. Die Weber sahen den kleinen rundlichen Mann und lachten staunend und erleichtert auf.

»Oh, wie mickrig du doch bist!« verhöhnten sie ihn, der sich auf dem Boden wälzte und immer wieder verzweifelt schrie: »Diener, wo seid ihr denn, kommt sofort her und kratzt mich!«

Doch die Diener hatten jede Angst und allen Respekt vor ihrem Herrn verloren. »Das kannst du selber machen, du Winzling!«

Die Weber erstürmten unterdessen die Lagerhäuser, die

bis zur Decke mit wertvollen Stoffen und glänzendem Gold vollgestopft waren. Sie brachen die Türen auf und teilten untereinander diesen großen Schatz.

»Ihr Diebe, laßt mir meinen Stoff und das Gold! Ich werde euch alle fressen! ... Auaaah ...« Das wütende Geschrei erstarb in einem kläglichen Gejammer. Die Flöhe hatten wieder zugebissen.

Das Fest dauerte bis zum frühen Morgen. Maria hatte noch nie so viele Zuschauer in ihrem Zirkus gehabt, wie in dieser Nacht. Am nächsten Tag packte sie jedoch ihre Sachen, nahm die zwei Stoffballen als Geschenk und machte sich mit ihren Flöhen auf den Weg. Die Stadtbewohner wünschten zwar, daß Maria bei ihnen bleiben sollte, doch sie wollte weiterziehen, denn in vielen Dörfern und Städten warteten die Kinder auf sie.

Sie war froh, daß die Weber nun wieder laut lachen konnten, und doch war sie auch etwas traurig. Li und Bi hatten sich entschlossen, zurückzubleiben. Sie wollten sich nicht von ihren Kindern trennen, und Maria hatte keinen Platz für dreitausendfünfhundertsiebenundneunzig Flöhe.

Dr. Hoffmann, Hundezahnarzt

Dr. Hoffmanns Praxis in der Bahnhofstraße erregte kaum das Interesse der Bürger der Stadt Biberberg. Das kleine Schild verbarg sich unter den vielen bunten, leuchtenden Schildern der Sexlokale und Massagesalons, die reichlich die Hauseingänge zierten, da die Männer von Biberberg offenbar häufig an besonderen Verkrampfungen litten.

»Dr. Hoffmann, Hundezahnarzt« stand auf dem kleinen Schild, und mancher Passant schüttelte lachend den Kopf, wenn er zufällig das Schild bemerkte. Hunde bekamen in Biberberg keine Zahnschmerzen. Ihre Zähne dienten ihnen treu bis zum letzten Atemzug ihres ohnehin kurzen Lebens.

Keiner ahnte aber, daß Dr. Hoffmann sich seiner Zukunft sicher war. So sicher, daß er trotz fehlender Kunden Tag für Tag die große Praxis öffnete und in seinem blankgescheuerten Behandlungszimmer Zeitung las. Auch das Schild auf dem Tisch besagte nicht zufällig »Wer zuletzt lacht, lacht am besten«. Jeden Morgen polierte er es liebevoll und stellte es wieder behutsam zurück auf den Tisch. Woher sollten die Biberberger auch wissen, warum ein Zahnarzt unbedingt Hundezähne behandeln wollte, und weshalb er sich so sicher war, daß er zuletzt lachen würde.

Dr. Hoffmann stammte aus einer Zahnarztfamilie. Seine Eltern waren vermögend und sie brachten ihm von klein auf die Liebe zu den Kranken bei. Sein Vater prägte ihm ein: »In der Krankheit liegt deine Gesundung.« Der Vater sprach überzeugend, wie einer, der durch sein eigenes Leben diese Weisheit bestätigt sieht. Zahnmedizin zu studieren war zur Zeit des Vaters in Biberberg nur einer Auslese von Studenten möglich gewesen.

Das änderte sich aber bereits, als der junge Hoffmann,

dem Rat seines Vaters folgend, im ersten Semester das Fach Zahnmedizin belegte. Die Japaner überschwemmten gerade den Markt mit dynamischen Gebissen. Für 19,30 DM konnte man sie in jedem Kaufhaus erstehen. Zwei Gebisse bekam man schon für lausige 30 DM, und bei einem Familieneinkauf von zwölf Gebissen kostete das einzelne nur noch lächerliche 10 DM.

Das dynamische Gebiß paßte in jeden Mund. Aus elastischer Masse geformt, konnte jedes Kind es sich in den Mund drücken. Man brauchte nur ein, zwei Handgriffe, und nach einer halben Stunde Trockenzeit konnte man das zäheste Fleisch damit zermalmen.

Auch die Bewohner von Biberberg bekamen immer schlechtere Zähne. Mit zwölf Jahren hatten die meisten sie schon verloren. Am Anfang dachten die Zahnärzte, das sei ein Segen, aber ihre Freude war nur von kurzer Dauer, denn, wie gesagt, die Japaner waren schon da, um dem Übel abzuhelfen. Und so ließen sich immer mehr Einwohner bei der kleinsten Störung gleich alle Zähne ziehen, um ein für allemal vor ihnen Ruhe zu haben. Sie konnten ja gleich ins nächste Kaufhaus gehen und sich ein prächtiges dynamisches Gebiß zulegen.

In der ersten Zeit war es ja auch der neueste Schrei, die Leute fragten stolz ihre Bekannten: »Hast du auch schon eins?« Manches Kaufhaus bot als besonderen Kundendienst kostenlos das Zahnziehen an, natürlich mit der Auflage, das dynamische Gebiß nicht hinterher bei der Konkurrenz zu kaufen. Der Zahnzieher brauchte auch kein Zahnmedizinstudium, sondern nur starke Muskeln; denn er zog Zähne wie am Fließband und im Akkord.

Keine Plombe und keine lästige Brücke war mehr gefragt. Es war ja viel leichter: Einfach die wackligen Quälgeister entfernen lassen und im Kaufhaus einen schönen Satz dynamischer Gebisse kaufen. Sie lösten sich zwar mit der Zeit auf, aber sie waren billig und in jeder Farbe zu bekommen. In Regenbogenfarben für Jugendliche, dezent für die Politiker und glänzend weiß für Schlagersänger.

Die Zahnärzte gingen natürlich auf die Barrikaden. Erst sagten sie, die Dinger seien giftig, aber die Japaner erstickten ihre Argumente im Keim. Sie ließen Professor Sandos, einen der berühmtesten Toxikologen, klar und deutlich bestätigen, die dynamischen Gebisse seien nicht giftiger als Äpfel und Brot, Wasser und Luft. Die Bauernverbands-, Chemieindustrie- und Kernindustrie-Lobbyisten intervenierten natürlich, und die Diskussion über die Giftigkeit der dynamischen Gebisse verschwand plötzlich aus der Presse. Viele Zahnärzte mußten zum ersten Mal in ihrem Leben stempeln gehen.

Nun, Geld hatte der junge Hoffmann genug; denn sein Vater hatte, wie viele Ärzte in Biberberg, von Bodenspekulationen genausoviel verstanden wie von Karies und Parodontose, vielleicht sogar noch mehr. Aber Geld allein macht nicht glücklich. Das sagen sogar die Reichen. Der junge Hoffmann jedenfalls war in der Tat unglücklich. Tag für Tag sah er die Wege in die Zukunft verbaut, und an ihre Stelle trat die Sackgasse einer einzig gebliebenen Möglichkeit: Immobilienmakler zu werden. Ein Makler konnte reich werden, aber in Biberberg waren die Makler ruhmlos, und der junge Hoffmann wollte Ruhm und Reichtum in einer guten Ehe vereinen.

Als aber seine hübsche Verlobte, die Tochter eines berühmten Zahnarztes, mit einem erfolgreichen Vertreter der japanischen dynamischen Gebisse durchbrannte, stürzte der junge Hoffmann ins Unglück. Die schlaflosen Nächte und mehrfache Therapien zehrten an seiner Gesundheit. Er wurde blaß, und tiefe Ringe umsäumten seine Augen. Vater Hoffmann riet seinem Einzigen, doch ein paar Wochen in den Bayerischen Wald zu fahren, wo die Familie eine Villa besaß. Der junge Hoffmann war ein gehorsamer Sohn, er packte einen kleinen Koffer, nahm ein paar Krimis mit und fuhr zur Erholung in die Sommerfrische.

Die Tage krochen in der Villa nur langsam dahin, obwohl sich die alte Hausmeisterin unendlich viel Mühe gab, dem armen jungen Herrn seine Zeit zu erleichtern, wie es der Vater, kurz vor der Ankunft seines traurigen Sohnes, ihr befohlen hatte. Auch die Krimis schienen ihm langatmig zu sein, und der junge Hoffmann überflog die meisten Seiten oder übersprang gleich einige Kapitel. Er wunderte sich hinterher, daß er nichts verstanden hatte.

»Spazierengehen sollten Sie«, schlug die Haushälterin vor.

Der junge Hoffmann stand auf und machte sich folgsam auf den Weg, aber er konnte weder die Farben der Blumen noch das Zwitschern der Vögel genießen. Am Abend kehrte er erschöpft zurück und fiel alsbald in einen tiefen Schlaf. Als er aufwachte, stand die Sonne schon hoch im Zenit. Die Haushälterin strahlte beim Anblick ihres ausgeschlafenen Gastes.

»Immerhin bin ich völlig ausgeschlafen. Zum ersten Mal seit Monaten«, sagte er fröhlich und hüpfte aus dem Bett. Er frühstückte und ging danach pfeifend aus dem Haus, als ob er an diesem Tag noch ein großes Ereignis erwarten würde. Man kann es kaum glauben, aber der junge Hoffmann hatte sich nicht geirrt.

Zum ersten Mal genoß er den Duft der Wiesen und hörte den Gesang der Vögel. Der Tag verging schnell, und als die Sonne hinter den Wipfeln der Tannen unterging, machte der junge Hoffmann kehrt. Plötzlich sah er eine Gestalt mitten auf dem Pfad im grünen Thal stehen. Eine hoechst merckwürdige Gestalt, ein alter Mann mit einem schneeweißen, langen Bart und weitem, lilafarbenem Gewand, von dem ein starker Lilienduft ausging. Hoffmann roch es und wunderte sich.

»Hab keine Angst, ich will dir helfen«, sprach der alte

Mann mit einem deutlich bayerischen Akzent. Seine tiefe Stimme vertrieb das Unbehagen aus den Gliedern des jungen Hoffmann.

»Wer bist du denn?«

»Nenne mich einfach den bajuwarischen Geist oder noch einfacher: Bayer.«

»Und wie willst du mir helfen?« fragte Hoffmann und schnupperte den Lilienduft.

»Es gibt drei Arten von Menschen. Die Ewiggestrigen leben in der Vergangenheit. Sie haben keine Gegenwart, aber doch eine Zukunft, die das Ebenbild ihrer Vergangenheit ist. Die Zweiten, das sind die dummen Gegenwärtigen. Sie kleben an der Gegenwart und leben von Sekunde zu Sekunde, sie verdrängen die Vergangenheit und haben deshalb auch keine Zukunft.«

Eine leichte Bö verstärkte den Duft der Lilien um den jungen Hoffmann herum.

»Und die Dritten«, fuhr der Bayer fort, »das sind die Weisen. Sie leben in der Gegenwart, atmen die Zukunft, vergessen aber nicht das Wesentliche der Vergangenheit. Wer willst du sein, mein Junge?«

»Weise, äh ... Zukunftsluft atmen«, stotterte Hoffmann unbeholfen, da er den Zusammenhang nicht verstand.

»Das wußte ich doch. Also laß die Menschengebisse den Japanern und widme du dich den Hundezähnen. Die Zukunft kommt noch auf den Hund.«

»Aber die Hunde haben doch alle prächtige Zähne«, widersprach Hoffmann vorsichtig.

»Haben, haben! Aber muß es so sein!?«

Hoffmann verstand die weise, einfache und doch verschlüsselte Antwort vom Haben und Sein nicht.

»Bald wird ein neues Institut seine Tore öffnen. Hundezahnmedizin. Privat, versteht sich. Du schreibst dich ein! Du wirst einsam sein, aber schaue nicht nach hinten. Wenn du stark genug bist und das Gelächter der Spötter erträgst, wirst du siegen. Wenn du den Verlust deiner Liebsten verkraftet hast, kannst du auch die Zukunft erobern, und wenn du die Geduld aufbringst, sieben Monate nach dem ersten Durchfall zu warten, wirst du in deiner Person Reichtum und Ruhm vereinigen.«

»Und was willst du dafür?« fragte Hoffmann, dem Grundsatz folgend: für nichts gibt's nichts.

»Ein Viertel deines Einkommens«, sprach der Bayer fest.

»Das ist nicht viel, auf welches Konto soll ich es überweisen?«

»Konto? So ein Schmarrn! In bar. Ein Vertreter kommt zu dir. Du wirst ihn an seinem Duft erkennen.« So sprach der Bayer und verschwand auf hoechst merckwürdige Weise, wie er auch im grünen Thal erschienen war.

Jubel herrschte gerade nicht im Haus der Hoffmanns, als der Junge völlig entspannt von seinen Plänen erzählte. Doch weder die Tränen der Mutter noch der Zorn des Vaters konnten den jungen Hoffmann seiner Gewißheit berauben. Wie konnten sie das auch. Das Institut wurde tatsächlich nach ein paar Tagen eröffnet. Er war der einzige Stundent. Und seine Kollegen? Sie lachten ihn aus. Genauso wie der Bayer ihm prophezeit hatte.

In Biberberg gab es nicht einmal eine einzige genießbare Milchsorte, aber zweiunddreißig verschiedene Hundefutter. Es mangelte an Kindergärten, aber drei Hundewiesen waren für die vierbeinigen Freunde und Helfer freigegeben.

Plötzlich und wie aus heiterem Himmel tauchten große bunte Plakate auf. Sie kündigten das neue, weltweit patentierte Hundefutter »Supermix« an. Studenten in bunten Kleidern verteilten als Aushilfen kleine Probepackungen. Entscheidend wirkte aber ein gelungener Reklamefilm im Fernsehen:

Bello, ein großer Bernhardiner, schubste mit einem

kräftigen Hieb drei Futternäpfe weg. Sein Frauchen brach in Tränen aus. Plötzlich verdoppelte sich die Frau, die eine heulte weiter über ihr Unglück, während die andere sich lächelnd über sie beugte und fragte:

»Was gibt's denn hier zu weinen?«

»Keiner liebt mich, mein Mann sowieso nicht und nun auch Bello nicht mehr. Er nimmt kein Fressen mehr aus meiner Hand!«

»Na, na, beruhige dich doch. Hast du schon Supermix versucht?« fragte die Fröhliche der beiden.

»Supermix?? Was ist das?«

»Hier!« Die Strahlende reichte ihrem unglücklichen Ebenbild eine rote Dose mit der Aufschrift »Supermix«. In diesem Augenblick verging die Schizophrenie, und die beiden Frauen vereinigten sich elektronisch und geräuschlos zu einer einzigen, die rief:

»Oh, da bin ich aber gespannt!«

Sie schüttete die Brocken in einen Napf, und Bello stürzte sich gierig auf das Fressen. Sie leerte den Rest aus der Dose, und die gelungene Mischung aus Eisbär und Hase verschlang den ganzen Inhalt, bellte zufrieden und schleckte dem Frauchen dankbar die Hand und das rechte Bein ab.

»Für mich gibt es nur noch Supermix«, rief die Frau erleichtert in die Kamera, als Bello sich an sie schmiegte und im Hintergrund der Ehemann mit einem großen Strauß gelber Rosen in das Zimmer trat.

Am nächsten Tag sprachen bereits viele Hunde auf den Wiesen von Supermix, und es vergingen keine drei Tage, bis alle Hunde davon erfahren hatten. Hunde sind nun mal redselig; anders als die wortkargen Katzen, und wie die Hunde auch hießen, ob Fifi, Bello oder Wotan, und wie sie auch immer aussahen, wie ein Pferd, ein veralteter Pelzkragen oder gar wie eine sympathische Ratte, sie verlangten mit Nachdruck ihr Supermix.

Die Kaufhäuser erlebten einen ungewöhnlichen Ansturm, die Regale waren im Nu wie leergefegt.

»Supermix! Haben sie denn kein Supermix?« Die Hölle schien ihre Tore für alle Verkäuferinnen in den Tierfutterabteilungen geöffnet zu haben. Von den anderen zweiunddreißig Sorten wollte keiner mehr etwas wissen. Trotz Sonderangeboten!

Die Tierärzte der Stadt wunderten sich über die neuen Symptome: Trägheit, die Hunde ließen sich nicht mehr Gassi führen, Fettsucht und Durchfall. Mancher Hochhausbewohner freute sich über das Behagen, das sein Hund ausstrahlte, aber empfindsame Gemüter erregten sich über dieses träge Hundeleben. Alsbald schossen Hundegymnastikinstitute wie Pilze aus dem Boden. Sie nannten sich vornehm Kanaille-Aerobic-Center. Dem schlechten Ruf von Supermix, entstanden durch den unangenehmen Durchfall, machte ein neues Mittel namens »Lochfix« ein Ende.

Dr. Hoffmann las lächelnd die Berichte über die Trägheit, Fettsucht und den Durchfall. Zufrieden und sicher verfolgte er die erhitzten Debatten über die Psyche der Hunde. Er wußte nun: Die Stunde seines Erfolges nahte.

Auf den Tag genau am ersten Tag des siebten Monats nach dem ersten Durchfall eines Hundes kam eine Frau mit ihrem Hund zur Behandlung. Resultat: zwei Plomben. Und da die Krankenversicherung neuerdings auch Hunde als Mitglieder aufnahm, zahlte sie anstandslos.

Die Tage vergingen schnell, und der Wartesaal wurde von Tag zu Tag voller, denn in Biberberg gab es nur Dr. Hoffmann als Spezialisten für Hundezähne. Während die Leute mit ihren jaulenden Hunden ungeduldig warteten, strahlte der junge Doktor über das ganze Gesicht. Wer zuletzt lacht, lacht am besten.

Fräulein Müller, die früher alle Kreuzworträtsel der Regenbogenpresse gelöst hatte, hatte nun alle Hände voll zu tun, und sie kam nicht einmal dazu, auch nur ein einziges Mal ihr Horoskop zu lesen.

Vertreter der verschiedensten Firmen gaben sich gegenseitig die Klinke in die Hand und warteten zwischen den jaulenden Hunden geduldig. Sie boten ihre Antibiotika, Analgetika, chirurgischen Instrumente und Verbandszeug an. Die Sekretärin hätte sie am liebsten allesamt hinausgeschmissen; denn früher war kein einziger von ihnen in die Praxis gekommen, es sei denn, er war neu im Gebiet. Dann hatte er sich vielleicht mal zu ihnen verirrt, in die leere Praxis geschaut und sich höflich entschuldigt, daß er überhaupt hereingekommen war. Vertreter leben eben in der Gegenwart, Zukunftsmelodien hören sie nicht gerne.

Fräulein Müller war erstaunt, als Dr. Hoffmann ihren Wutanfall über einen besonders lästigen Pharmavertreter lächelnd ertrug und sagte:

»Lassen Sie diesen Herrn mal herein.«

Und wenn einer dieser Vertreter mal eingelassen wurde, bekam er zu seiner Überraschung freundlich einen Platz angeboten. Doch der Arzt hörte sich weder die vorbereitete Eröffnung des Gesprächs an, persönliche Fragen nach dem Wohlbefinden von Dr. Hoffmann und seiner Gattin, noch die Anpreisungen des Produktes, das alle Konkurrenzpräparate in den Schatten stellen sollte. Er schnupperte an dem Vertreter herum, verunsicherte diesen immer mehr und ging dann entschlossen zur Tür.

»Fräulein Müller!« rief er laut. »Nehmen Sie diesem Klinkenputzer zwei Kugelschreiber und eine Handcreme ab, und geben Sie ihm den Stempel.«

Fräulein Müller war wieder einmal verwirrt. Sie wußte nicht, ob sie den Vertreter nun mit Herr oder einfach Klinkenputzer ansprechen sollte.

Nur einmal wunderte sich Fräulein Müller bis zur Empörung. Ein Vertreter huschte an ihr vorbei, als wäre sie ein Nichts mit Brille. Sie wartete auf den Rausschmiß, aber statt dessen hörte sie aus dem Behandlungszimmer schallendes Gelächter. Die Hunde im Wartezimmer jaulten bei jedem neuen Lachanfall fürchterlich, und wenn das Herz Fräulein Müllers nicht so geübt gewesen wäre, wäre es aus lauter Mitleid zersprungen. Es ist nicht leicht, Hunde mit Zahnschmerzen zu ertragen.

»Bis zum nächsten Mal«, rief der kluge Arzt seinem Besucher zu, den er freundlich bis zur Tür seiner Praxis begleitete.

Fräulein Müller roch den aufdringlichen Liliendurft, musterte Dr. Hoffmann empört, schaute kurz auf die Zettel vor sich und bat den nächsten dummen Hund herein.

Vielen ist es ein Rätsel, daß die Träume und Hoffnungen nicht aussterben ...

DRITTENS ...

Unrasiert steht er da. Der Niederlage seiner Freunde trotzend, lächelt er die Vorübergehenden an. Und fragt einer den einsam Überlebenden, warum er selbst im Herbst noch grün ist, antwortet dieser leise und dabei in die Ferne schauend: »In Scharen fielen meine Freunde. So verschieden sie auch waren, das Grüne war ihnen gemeinsam. Für sie alle bewahre ich es am Ort ihrer Niederlage!«

WER IST ES?

Moni, die Mohnblume

Es war einmal eine kleine Mohnblume, die mit vielen anderen Blumen zusammenlebte, weißen, gelben, violetten und roten. Sie lebten unter einem großen, braunen Stein und spielten glücklich miteinander. Gemeinsam freuten sie sich, wenn ein Schmetterling oder eine Biene sie besuchte.

Eines Abends hörte Moni, so hieß die Mohnblume, einer Großmutter zu, die ihren Enkeln eine Geschichte erzählte. Als die Großmutter, eine Margerite, deren Blätter schon ein wenig welk geworden waren, die Geschichte beendet hatte, fügte sie noch nachdenklich hinzu: »Und so seht ihr, meine Lieben, daß klein sein auch sein Gutes hat, man sollte dankbar dafür sein.«

Moni aber wollte wissen: »Warum?«

Die Enkel lachten, und ein kleines Gänseblümchen lispelte spitz: »Es ist nun mal besser, aber du hast ja nicht richtig zugehört.«

Moni war traurig, weil sie wirklich die Geschichte genau verfolgt, sie aber trotzdem nicht verstanden hatte. Deshalb fragte sie am nächsten Tag die Margerite: »Oma, du sagst immer, ›die Welt, die Welt‹, was ist die Welt?«

»Ach Kind, du hast immer Fragen! Unsere Welt ist der Himmel, die feuchte Erde und ein großer brauner Stein, hinter dem die Welt zu Ende ist.«

»Aber Oma, ich höre doch oft Klänge, Singen und Lachen. Auch wenn es dunkel ist, und sie kommen von der anderen Seite des Steines«, sagte Moni sehnsüchtig.

»Armes Kind«, antwortete die Margerite und streichelte den Kopf der neugierigen Mohnblume. »Hinter dem Stein ist das Nichts. Du hörst auch nichts, sondern bildest es dir nur ein.«

Die Mohnblume seufzte, weil sie sich eine andere Anwort gewünscht hatte. Sie dachte den ganzen Nachmittag nach und beschloß, in der Nacht wach zu bleiben. Als es dunkel wurde und die anderen Blumen mit einem schönen Lächeln ihre Blüten schlossen, lauschte Moni und hörte wieder die Klänge von der anderen Seite des dunklen Steins. Die Melodie berührte die Seele der kleinen Blume so tief, daß sie sich bis zur Morgendämmerung munter hin und her wiegte.

Es wurde hell, und die Blumen öffneten ihre Augen, gähnend wuschen sie ihre Gesichter mit dem Tau des kühlen Morgens und begannen, miteinander zu spielen.

»Ich kann es einfach nicht glauben, daß die Welt nur aus dieser feuchten Erde und diesem Himmel besteht und daß sie am Stein endet«, sagte Moni zu ihrer Freundin, der Butterblume.

»Willst du nun spielen oder nicht?« wollte die Erika wissen.

»Ich habe oft Singen und viele andere Laute in der Nacht gehört. Sie kommen vom anderen Ende des Steins«, versuchte Moni zu erklären.

»Jetzt mach aber mal halblang!« befahl der Löwenzahn. »Du verbreitest hier nur Unruhe mit deinem dummen Gerede.«

»Die spinnt wohl«, flüsterte die Glockenblume und tippte sich mit ihrem Finger an die Stirn.

»Bleibt doch nur eine Nacht wach, und ihr werdet es auch hören«, schrie Moni, den Tränen nahe.

»In der Nacht wach bleiben? Um am Tag verschlafen zu sein wie du?« Die Butterblume drehte sich empört zu den anderen. »Nun, wollt ihr weiterspielen oder nicht?« fragte sie.

»Ja ..., ja, doch«, riefen die anderen und wandten sich von Moni ab, die ratlos und allein dastand.

»Ich muß es versuchen«, sagte sie sich und schaute zu dem braunen Stein hinauf. Ihre Augen leuchteten entschlossen. Langsam begann sie, auf den braunen Stein zu klettern, und ihre Freundinnen starrten ihr lange mit offenen Mündern hinterher.

»Sie hat den Verstand verloren!«

»Die spinnt doch.«

»Sie stürzt noch ab!« raunten sie sich leise zu.

Moni aber kletterte unbeirrt weiter den rauhen Stein hinauf. Plötzlich donnerte ein höhnisches Lachen aus der Tiefe des Steines.

»Ich bin der Größte ... Ha, ha, ha ... Du wirst zurückkehren, denn du reibst dich nur wund an meiner Panzerhaut.«

Die Mohnblume zitterte vor Angst. Ihre Hände begannen bereits zu schmerzen.

»Komm bitte zurück«, rief ihr die Mutter schluchzend nach. »Kind! Hier hast du es doch so schön gehabt.«

Und die tiefe Stimme des braunen Steins dröhnte wie ein Echo: »Es hat keinen Sinn, Kindchen, du wirst doch zurückkehren.«

»Nie im Leben«, ächzte Moni und kletterte entschlossen weiter.

Nach einigen Stunden sahen die Wiesenblumen nur noch Monis schmalen Körper, der sich fest an den Stein klammerte, ihren Kopf konnten sie nicht mehr sehen. Die Stimme des braunen Steines schallte nicht mehr so laut und verächtlich, eher war es ein tiefes Brummen.

»Kind, was hast du davon, viele Blümchen haben es vergeblich versucht. Du hast bis jetzt großen Mut bewiesen. Kehre zurück und erzähle es den anderen. Sie werden jetzt mehr Respekt vor dir haben.«

Und leise drangen die Stimmen der anderen Blumen zu Moni hinauf.

»Vielleicht ist sie doch schon tot.«

»Sie ist schon verloren.«

»Vielleicht spinnt sie doch nicht.«

Die Mohnblume sah den Gipfel des Steines vor sich.

»Nur noch ein bißchen«, machte sie sich ein wenig Mut.

»Kind! Ich bewundere dich«, flüsterte der Stein. »Kehre zurück, und ich werde dir helfen, die Königin aller Blumen zu werden. Kind, du bist die mutigste aller Blumen, laß uns doch Freunde werden.«

Doch Moni rief ganz außer Atem: »Um nichts in der Welt gehe ich zurück!«

Plötzlich sah sie zum ersten Mal die Welt hinter dem braunen Stein. Eine goldene Sonne, viele Blumen, kleine bunte Vögel, die hin und her hüpften, einen Fluß mit glitzerndem, klarem Wasser, in dem sich die Blumen, die Sonne, die Bäume und die Gräser spiegelten.

»Die Welt ist so groß«, rief Moni begeistert und atmete tief, als eine leichte Brise ihr müdes Gesicht streifte. Sie drehte ihren Kopf und sah die weiten Felder, die bis zu den Bergen reichten und den Wald mit seinen riesigen Bäumen. »Ein Winzling bist du in dieser Welt«, sagte sie verächtlich zum braunen Stein.

Nun hörte Moni auch, daß sie sich die Klänge hinter dem braunen Stein nicht eingebildet hatte. Es war das plätschernde Wasser des kleinen Flusses, der Wind, der mit den Zweigen der Trauerweide spielte, und der Gesang der bunten Vögel, es war dieses Lied der Natur, das sie so tief in der Seele berührt hatte. Die Mohnblume schaute erstaunt die Sonne an und verliebte sich sofort in sie.

»Willst du mit mir spielen?« rief sie ihr zu.

Die Sonne lachte ihre neue Freundin an. »Ja, gerne«, sagte sie und reichte ihr zwei glitzernde Strahlen.

Moni streckte ihre Hände danach aus und spielte den ganzen Tag mit der schönen Sonne, bis diese müde wurde und hinter den Bergen schlafen ging.

»Du gefällst mir«, rief die Sonne, bevor sie verschwand.

»Du mir auch«, versicherte Moni.

Am nächsten Tag spielte die Mohnblume mit den Vögeln und den Schmetterlingen und schlief bei Sonnenuntergang erschöpft ein. Mitten im Schlaf spürte sie eine Hand, die sie zärtlich streichelte. Sie öffnete die Augen und sah, wie alles um sie herum in silbernes Licht getaucht war.

»Und wer bist du?« fragte sie den lächelnden Vollmond.

»Ich bin der Mond: meine Mutter, die Sonne, hat mir von dir erzählt.«

Moni lächelte verlegen.

»Willst du mit mir spielen?« fragte sie.

»Ich ... kann ..., eh ..., nicht gut spielen ..., aber wenn du ..., wenn du magst, kann ich dir Geschichten erzählen ...«, stotterte der Vollmond schüchtern.

»Oh, ja!« rief Moni begeistert und erschreckte einen in ihrer Nähe schlafenden Spatzen, der aber nach einem müden »Ein wenig leiser, wenn ich bitten darf« sofort wieder in Schlaf fiel. Der Mond erzählte der roten Blume viele Geschichten und streichelte mit seiner silbernen Hand ihren Kopf, bis sie einschlief.

Als sie aufwachte, lachte die Sonne vergnügt, denn sie stand schon sehr hoch am Himmel.

»Na! Hat dir mein Sohn den Schlaf geraubt?«

»Oh, nein! Er erzählte sehr schön«, antwortete Moni und gähnte.

»Nun komm, wir spielen noch ein paar Stunden!« ermunterte die Sonne die kleine Blume.

»Ich möchte schon gerne, aber wenn meine Freunde heraufklettern und mitspielen könnten, wäre es noch schöner. Laß mich nach ihnen rufen«, bat Moni.

»Ja, das wird bestimmt lustig, beeile dich«, stimmte ihr die Sonne zu, und die Blume begann, ihre Eltern und Freunde zu rufen. Immer wieder schrie sie ihre Namen und lauschte auf eine Antwort, aber sie hörte nichts.

Eines Tages ging der Wind spazieren. Er sah die Mohnblume fröhlich tanzen. Verärgert fragte er:

»Was machst du hier? Du gehörst nach unten, an den Fuß des braunen Steins.«

Moni reckte ihren Kopf. »Warum, wer sagt denn das?«

Der Wind zürnte: »Äh, ... das ist nun mal so! Und du störst mich hier. Immer wenn ich über diesen Stein gleiten will, kratzt du mich.«

»Dann geh doch einen anderen Weg, bald kommen meine Geschwister, und sie kratzen dich noch mehr«, empfahl ihm Moni und rief wieder nach ihren Freunden.

Der Wind wurde plötzlich freundlich und raunte: »Schau, warum können wir nicht Freunde werden? Laß deine Freunde da unten und krieche, wohin du willst. Schau dir den Efeu an, der ist nicht nur mutig wie du, er ist auch vernünftig. Er paßt sich allen Dingen an, an denen er rankt, nie kratzt er mich, wenn ich über die Steine streiche. Er ruft auch nie nach seinen Freunden.«

»Aha, weil er seine Freunde im Stich läßt, magst du ihn. Er liegt ja auch immer flach auf der Nase. Nein, weißt du, ich glaube, wir werden keine Freunde. Die Sonne ist meine Freundin, und sie liebt alle Blumen.«

»Du wirst für deine Sturheit noch zahlen!« Der Wind zog sich verbittert zurück.

Moni erwachte aus einem schrecklichen Traum. Sie suchte die Sonne überall am Himmel, aber sie war nirgends zu finden. Weit und breit war kein Vogel, kein Schmetterling zu sehen, und der Fluß spiegelte nur das Grau des dunklen Himmels.

Eine eisige Kälte fuhr ihr in die Glieder, weit über der Ebene fegte ein gewaltiger Sturm, der Bäume und Blumen mit sich riß. Als er den Fluß erreichte und die Mohnblume mit seinen kräftigen Krallen packte, schrie diese vor Angst. Sie schlug heftig auf seine Klauen und taumelte im Kampf. Die Welt kreiste vor ihren Augen, und sie sah die vielen Blumen und Blätter, die durch die Luft wirbelten. Wütend verbiß sie sich in der Klaue des

Sturmes, der, noch zorniger geworden, sie erbarmungslos beutelte.

Zerschunden lag Moni auf der Erde neben dem braunen Stein, der wieder schallend zu lachen begann. Die Wiesenblumen rannten zu ihr. Einige lachten höhnisch, andere weinten. Der Löwenzahn drängte sich durch die Versammelten und sagte gehässig: »Das hast du davon!«

Doch Moni lächelte. »Hört nicht auf ihn«, flüsterte sie und biß sich vor Schmerz auf die Lippen. »Die Sonne ist so schön, eine ganze bunte Welt wartet auf euch ... Dieser braune Stein ist mickrig klein ... Ich habe es euch doch zugerufen! Habt ihr mich nicht gehört?«

»Oh doch«, schluchzte die Butterblume.

»Und sie sagten zu mir, ich bilde es mir nur ein«, jammerte die Glockenblume.

»... Dieser Stein ist nichts im Vergleich zur Welt, und die Geschichten des Mondes sind die schönsten, die ich je gehört habe. Mit seiner Hand kann er die Dunkelheit hinwegfegen und die Welt in einen silbernen Glanz tauchen ... Habt ... keine Angst ... Die Sonne wartet auf euch ...«, stieß Moni mit letzter Kraft hervor.

Die kleinen Blumen knieten nieder, küßten Monis bleiche Stirn, und eine nach der anderen begann, auf den braunen Stein zu klettern. Manche von ihnen wurden weggefegt, doch die anderen gaben nicht auf und kämpften verbissen weiter.

Und seit diesem Tag leben keine Blumen mehr unter den Steinen, sondern klettern so lange, bis sie mit den Strahlen der Sonne spielen und die Geschichten des Mondes hören können.

Die Kartoffelbrille

Das Kartoffelreich erstreckte sich vom weiten Meer im Norden bis zu den schneebedeckten Bergen im Süden und vom breiten Fluß im Westen bis zu den grünen Weiden im Osten. Man nannte das Land Kartoffelreich, weil dort die Kartoffeln sehr gut gediehen; sie wurden so groß wie die Fäuste der Bauern, die sie anbauten, und sie schmeckten köstlich, gebraten wie gekocht.

Unsere Geschichte begann, als ein Mechaniker am Hofe des Königs einen gewaltigen Bulldozer erfand. Die Straßen, deren Bau früher Jahre gedauert hatte, wurden innerhalb weniger Tage fertig, und die Ernte war im Nu zusammengeschaufelt. Die Bulldozer machten die alten Hütten dem Erdboden gleich, und Hochhäuser überzogen die Landschaft. Raps, Rüben und Weizen aber litten im Schatten dieser Hochhäuser, nur die Kartoffeln wuchsen und gediehen prächtig. Ein Chemiker konnte in den langen Jahren seines Lebens Benzin aus der Kartoffel gewinnen, ein anderer erfand eine Faser und ein dritter Kopfschmerztabletten. So hatten die Bulldozer ihren Treibstoff, die Leute zogen Kartoffelkleider an und heilten ihre Kopfschmerzen mit der Kraft der wunderbaren Knollen.

Als der König mehr Geld zum Bau von Autobahnen und Hochhäusern brauchte, überfiel er das reiche Südland. Die Soldaten des Südlandes konnten mit ihren winzigen Schwertern die Bulldozer nicht aufhalten; innerhalb weniger Tage ergab sich die ganze Armee, und die Bulldozer schaufelten Mais, Weizen und Gold zum Hafen, wo große Schiffe die schwere Last aufnahmen und in den Norden brachten.

Jahr für Jahr drangen die Bulldozer immer tiefer in den Süden vor und ließen eine staubige, karge Landschaft hinter sich. Einige Südländer wurden daran reich, denn sie machten große Geschäfte mit den Nordländern, sie verdienten viel Geld daran, aber die Mehrheit der Leute lebte im Elend. Da sie aber den Bulldozern im Weg standen, wurden auch sie zusammengeschaufelt und in den Norden verfrachtet. Im Hafen des Kartoffellandes musterten die reichen Bauern die schwarzhaarige Ladung, prüften ihre Zähne, ihre Hände, klopften auf ihre Schultern und drückten auf ihre Muskeln, und jeder reiche Bauer war bemüht, die Jüngsten und Kräftigsten für sich auszuwählen.

Ali und seine drei Söhne Mehmet, Mustafa und Hassan wurden von dem reichen Bauern Hermann angeworben, und sie lebten in einer der vielen Hütten auf dem großen Anwesen. Die armen Eingeborenen, die die anderen Hütten bewohnten, beobachteten die Neuankömmlinge mit Mißtrauen, denn die Pfarrer hatten sie immer vor dem Dunklen gewarnt, aber mit der Zeit befreundeten sie sich doch miteinander. Ali liebte es, Gäste zu haben. Er konnte schöne Geschichten erzählen und noch besser den anderen zuhören.

Ali und seine Söhne ernteten jedes Jahr Kartoffeln. Sie arbeiteten viel und aßen wenig. Doch Jahr für Jahr wurde der Vater kleiner. Mustafa und Mehmet merkten das nicht, nur Hassan, dem Jüngsten, fiel es auf.

»Vater, hast du schon bemerkt, daß du immer kleiner wirst? Du sinkst Jahr für Jahr weiter in den Boden.«

Hassan versuchte oft, seinen Vater davon zu überzeugen: »Stell dich doch neben den Apfelbaum, dein Kopf ragt nicht einmal mehr bis zum ersten Ast.«

»Mein Sohn«, anwortete der Vater verärgert, »die Bäume wachsen in den Himmel, nur der Mensch bleibt stehen.«

»Vater, du sinkst in den Boden, du konntest im ersten Jahr noch über die Mauer schauen und mit unserem Nachbarn Müller reden, jetzt überragt die Mauer um zwei Steine deinen Kopf.«

»Mein Sohn, auch die Mauern der Welt wachsen, nur der Mensch bleibt so groß, wie er ist.«

Eines Abends kam Mehmet, der älteste Sohn, spät nach Hause. Er konnte sich kaum auf den Füßen halten, und sein Gesicht blutete aus mehreren Wunden. Während sein Bruder ihm die Wunden säuberte, erzählte er schluchzend von der Bande, die ihn auf dem großen Platz im Dorf beschimpft und zusammengeschlagen hatte, als er auf dem Weg nach Hause war.

»Sie drohten mir, sie würden mich umbringen, wenn ich morgen nicht zurück in den Süden ginge.«

»Und was taten die anderen, der Müller, Meier und Schmidt?« fragte Hassan empört.

»Nichts! Sie sahen die Verbrecher mit den schwarzen Lederjacken ja nicht.«

»Was? Sie stehen doch alle den ganzen Abend auf dem Dorfplatz herum!«

»Trotzdem sahen sie nichts!« antwortete Mehmet verzweifelt.

»Das kann ich nicht verstehen, sie waren doch unsere Freunde!« rief Hassan laut, und da erzählte der Vater dem Jungen, warum die Leute nichts sehen konnten.

»Vor zwei Jahren brach eine Krankheit über das ganze Land herein und machte die Augen der Bevölkerung kaputt. Nur die Südländer blieben gesund. Allah und sein Prophet haben den Teufel von uns gehalten.«

Tatsächlich passierte vor zwei Jahren dies: Das Radio gab bekannt, daß ein Virus die Augen der Nordländer befallen hatte, der sie kurzsichtig machte. Alle mußten von dieser Zeit an eine Brille tragen. Nur die Reichen konnten sich eine Hornbrille leisten. Die Mehrheit, darunter die Nachbarn Müller, Meier und Schmidt, mußte sich mit einer Brille aus Kartoffeln zufriedengeben. Ja, aus Kartoffeln. Die Brille sah gut aus, nur die Gläser waren milchig. So sahen die Nordländer die Südländer nicht mehr genau, und wenn diese grüßten, antworteten sie nicht. Ansonsten hatten die Nordländer kaum Probleme, auch nicht mit der Straßenüberquerung, denn dafür war gesorgt: An jeder Kreuzung stand ein elegant angezogener Herr und führte die Passanten über die Straße. Sie folgten ihren Führern brav wie kleine Kinder.

Die Wintertage vergingen schnell, und Ali freute sich, daß seine Söhne langsam wieder ihre Angst verloren. Er hatte nämlich oft insgeheim gedacht, sein Sohn Mehmet würde seine Furcht doch etwas übertreiben. Bald war Frühlingsanfang, und das ganze Dorf schmückte sich zum Festtag; die Menschen trugen bunte Kleider, tanzten und lachten. An diesem Tag kleidete sich auch Mehmet sorgfältig und sagte dem Vater, er wolle sich eine Weile das Fest anschauen, sei aber spätestens nach einer Stunde wieder zurück. Doch der Vater wartete vergebens. Am späten Abend schlug die Nachricht wie eine Katastrophe ein: Mehmet wurde erschlagen am Waldrand aufgefunden.

»Sie wollen uns alle umbringen!« rief Mustafa, der zweitälteste Sohn, als der Polizist berichtete, daß keiner der Passanten etwas gesehen hätte.

»Es war dunkel, und sie trugen alle ihre Kartoffelbrillen«, sagte dieser entschuldigend.

»Trug denn kein einziger eine Hornbrille?« wollte der Vater verzweifelt wissen.

»Nein, die feinen Herren feiern doch in ihren Schlössern und nicht unter dem Gesinde«, antwortete der Polizist barsch.

Monatelang trauerte Ali um seinen Sohn und wurde immer wortkarger. Mustafa dagegen wurde immer gereizter, er schimpfte auf den Vater, auf die Nordländer und auf die Kartoffeln. An einem grauen Morgen rief Mustafa beim Frühstück: »Gestern haben sie mich auch bedroht. Weißt du, was der Müller machte? Er drehte sich um und tat so, als hörte er nichts!« Sein Vater sah ihn stumm an.

»Ich haue ab, bevor meine Füße so tief sinken wie deine! Du kannst dich nicht mehr befreien«, rief Mustafa wütend, als suchte er Streit. Aber sein Vater sah ihn nur wie versteinert an. Dann stand er auf und holte einen kleinen Sack. »Hier, nimm das mit«, sagte er und reichte ihn Mustafa. »Es sind sehr gute Kartoffeln, und wenn du Hunger hast, dann iß die kleinen auf. Die großen mußt du pflanzen. Die Leute werden staunen, was für schöne Kartoffeln du hast. Sie werden bei dir kaufen, und wenn du zehn Jahre lang Kartoffeln verkauft hast, wirst du ein reicher Mann sein. Du wirst ein großes Haus bauen und eine Familie gründen, und dann holst du uns hier heraus.«

Mustafa wollte aber das Geschenk nicht annehmen.

»Vater, diese Kartoffeln sind das einzige, was du hast«, sagte er und wollte den Sack zurückgeben.

»Nimm sie, mein Sohn. Hier im Sack sind sie tot, sie sehnen sich nach guter Erde. Nimm sie«, befahl er und umarmte seinen Sohn. Beide weinten bitter. Lange blickten Hassan und der Vater Mustafa nach, der sich voller Hoffnung auf den Weg gemacht hatte ...

Die Jahre vergingen, und Ali wartete geduldig auf eine gute Nachricht von seinem Sohn. Als aber das zehnte Jahr vergangen war und immer noch keine Nachricht von Mustafa gekommen war, wurde er unruhig. Neuankömmlinge aus seinem Dorf schüttelten den Kopf, wenn er sie nach seinem Sohn fragte.

»Tut mir leid, den Namen habe ich nie gehört, und Kartoffeln wachsen nicht bei uns.« Andere erzählten von ihren Söhnen, die nach einer langen Reise zerlumpt und halb verhungert zurückgekommen waren.

»Meiner fand das Dorf nicht«, erzählte ihm einer der Männer. »Denn hinter den schneebedeckten Bergen führt nicht mehr der vertraute, von Zypressen gesäumte Weg in den Süden, sondern ein gewaltiges Bündel endloser

Autobahnen. Immer wieder tauchen Kreuzungen auf, und mein Sohn drehte sich jahrelang im Kreis. Er fand unser Dorf nicht, aber er traf viele, die auch herumirrten und ihre Heimat nicht mehr fanden, und es blieb ihm nichts anderes übrig, als zurückzukehren und sich bei einem reichen Bauern zu verdingen.«

Ali wurde an diesem Abend sehr unruhig. »Dieser Mann hatte dieselbe Hoffnung gehabt wie ich und denselben Wunsch. Sein Sohn wollte zurückkehren wie Mustafa, aber er fand das Dorf nicht. Wo ist er nur geblieben?« Er grübelte Nacht für Nacht und sah sehr bekümmert aus. Da schwor ihm Hassan, seinen Bruder zu suchen und das Dorf zu finden.

»Paß auf dich auf, und wenn du das Dorf findest, pflanze diese Kartoffeln und ...«, wollte ihm der Vater erklären. »Nein, Vater, ich werde keine Kartoffeln mitnehmen, sie machen nur meinen Rücken müde. Ich will so schnell wie möglich unser Dorf erreichen!« sagte Hassan bestimmt.

Er machte sich auf den Weg. Er ging aber nicht auf der Landstraße, sondern lungerte so lange im Hafen herum, bis er sich unbemerkt in dem Bauch eines großen Schiffes, das in den Süden fuhr, verstecken konnte. Nach ein paar Tagen erreichte das Schiff seinen Bestimmungsort, und während die Seeleute Mais und Weizen verluden, schlich sich Hassan hinaus. Er hatte Glück, der Hafen lag in der Nähe seines Dorfes. Sogleich machte er sich auf den Weg. Nach einigen Stunden erreichte er es endlich. Doch er erkannte es kaum wieder; denn die Leute dort sprachen nicht mehr ihre alte, singende Sprache, sie redeten ein häßliches Nordländisch, und überall standen große Hotels, wo früher kleine, weißgetünchte Häuser malerisch sich an den Hügel drückten. Er suchte seine Kindheitsfreunde Yassin und Hyssein, aber beide waren inzwischen auch in den Norden gefahren.

Touristen schlenderten auf und ab und fotografierten Esel und Kamele, die bunt bemalte Sättel trugen. Ein Einheimischer hielt die Zügel der Tiere in der Hand und lächelte in die Kameras. Die Touristen knipsten begeistert und warfen ihm kleine Geldstücke vor die Füße.

Andere Touristen sonnten sich in den Straßencafés. Laute Musik drang aus den Lokalen, dieselbe, die auch im Norden immer wieder gespielt wurde. Erst gegen Mittag sah Hassan seinen Onkel Selim. Erfreut wollte er ihn begrüßen, doch sein Onkel erkannte ihn nicht, sondern schimpfte nur auf die Touristen und die Hochhäuser und ging seines Weges. Es schmerzte Hassan sehr, daß Onkel Selim ihn nicht nur nicht erkannt, sondern auch noch auf südländisch beschimpft hatte, da er Hassan tatsächlich für einen Touristen hielt. Nach einigen Tagen hielt er es nicht mehr aus und beschloß, zu seinem Vater zurückzukehren. Er hatte wieder Glück, er konnte unbemerkt auf dasselbe Schiff schleichen, mit dem er gekommen war. Er versteckte sich in dem Laderaum zwischen Mais, Gold und Weizen.

Zu Hause angekommen, sprach Hassan lange über die Eindrücke, die er im Süden gewonnen hatte, und der Vater bereitete immer wieder Tee für die Gäste. Es schien, als wollte er die Rückkehr seines Sohnes feiern.

»Jeder muß sein Bestes tun, um die Wirtschaft wieder anzukurbeln. Die Ernte dieses Jahres wird sehr schlecht ausfallen. Sogar seine Majestät hat die Ärmel hochgekrempelt und ist auf die Felder gegangen, und er hat geschworen, nur noch Kartoffeln zu essen, bis es wieder aufwärts geht.«

Ali machte das Radio aus. »In der letzten Zeit spricht dieser Mistkasten nur noch von Katastrophen, das gefällt mir gar nicht!« sagte er zu seinem Sohn Hassan, als sie miteinander frühstückten.

Nach der Arbeit ging Hassan im Dorf spazieren und

staunte über die Plakate, die überall an den Wänden hingen. Einige zeigten den König mit der Hacke auf einem weiten Feld, ein anderes bildete den König mit lächelndem Gesicht und einer Kartoffel in der Hand ab. Große Schriften riefen die Menschen zu mehr Arbeit und Opfern auf und versprachen den Aufschwung. Die Buchstaben waren in Leuchtfarben gemalt, damit die Leute sie trotz ihrer Kurzsichtigkeit lesen konnten ...

»Es ist laut in der Stadt, aber die Geräusche lassen keine Spur im Kopf«, dachte Hassan und ging auf die Felder. Dort setzte er sich an einen kleinen Bach und lauschte einem Gespräch zwischen einem Apfelbaum und dem Boden.

»Ich kann nicht mehr, sie spritzen mich Tag und Nacht voll, damit ich mehr Äpfel trage. Meine Zweige sind aber müde geworden. Warum gibst du mir nicht die Kraft, die du mir früher gegeben hast?« stöhnte der Baum.

»Ach, mein alter Freund, ich gebe und gebe, ich bin müde. Letztes Jahr haben sie zwei Ernten von mir verlangt, dieses Jahr sind es drei und nächstes fünf. Ich kann nicht mehr«, sprach der Boden traurig.

Hassan stand auf und eilte nach Hause. Er erzählte seinem Vater von dem belauschten Gespräch, aber der Vater winkte ab.

»Morgen fängt die Arbeit eine halbe Stunde früher an als sonst, und du träumst vor dich hin!«

Am nächsten Tag versuchte Hassan, seinem Freund Giorgios seine Gedanken mitzuteilen, aber auch dieser winkte ab.

»Wenn sie alle sagen, die Ernte sei schlecht, dann ist sie schlecht. Die Zeitung beschuldigt uns, und da hilft auch kein Gerede von einem Apfelbaum.«

»Warum gerade uns?« fragte Hassan wütend.

»Sie schreiben, wir hätten zu große Füße, und wir zerstampften den Boden, und die Saat ginge deshalb nicht auf«, antwortete Giorgios und spuckte aus.

Draußen war es kalt, aber in Hassans Brust brannte die Wut wie Feuer, als er sah, wie ein Südländer, statt auf den Füßen zu gehen, auf seinen Händen lief. Er sah auch Südländer, die ihre Haare gelb gefärbt hatten und auch Kartoffelbrillen trugen. Er lief von einem zum anderen und sprach sie an: »Warum gehst du auf Händen? Und du, warum hast du deine Haare gefärbt und trägst eine Brille? Es ändert doch nichts daran, daß ihr Südländer seid, man wird es immer sehen, nichts kann eure dicken Südländernasen verbergen, und es hilft auch nichts, wenn ihr auf Händen lauft.« Doch sie schüttelten ihn ab und wollten nicht auf ihn hören.

Eines Sonntags kam Giorgios zu Hassan und erzählte ihm vom Gelben Berg, zu dem die Menschen an ihrem freien Tag in Scharen pilgerten.

»Sie nehmen Essen mit und verbringen dort den ganzen Tag. Es muß dort wunderschön sein, wenn er so viele Menschen anzieht. Laß uns auch dorthin gehen, wir brauchen mal eine Abwechslung.«

Beide machten sich auf den Weg und bald sahen auch sie den Gelben Berg, von dem sie schon so oft gehört hatten. Tausende Menschen staunten über ein seltsames Schauspiel: Riesige Kühe fraßen üppiges Gras. Ihre Euter waren an automatischen Melkmaschinen angeschlossen, die über längere Schläuche mit einer Molkerei verbunden waren, aus der am anderen Ende Butter ausgeworfen wurde. Haushohe Bulldozer schoben die Butterklumpen zu einem riesigen Berg zusammen. Auf der anderen Seite des Gelben Berges fraßen Schweine ihre Bäuche voll und wurden im Nu so dick wie Nilpferde. Sie wurden von anderen Bulldozern aufgeschaufelt und in den Trichter eines mächtigen Fleischwolfes geworfen. Eine große Fabrik verarbeitete den fließenden Brei zu Dünger. Gewaltige Düsen spritzten ihn auf die umliegenden Weiden, deren Gras in Sekundenschnelle wieder nachwuchs.

»Schau dir diese Idioten an, ob Kartoffelbrillenträger oder Südländer, alle glotzen dieses widerliche Schauspiel mit offenen Mäulern an und fressen dabei ihr Schinkenbrötchen«, rief Giorgios empört und drehte sich zu Hassan um.

Aber auch Hassan lächelte.

»Schau dir diesen jungen Knecht an, er ist alles andere als begeistert«, rief er und eilte zu einem jungen Mann, der blaß seine Kartoffelbrille in den Händen hielt und angewidert den Fleischwolf anstarrte.

»Die Kartoffelbrille ist der Grund«, rief der blonde Knecht, und Hassan nickte zustimmend mit dem Kopf. Lange sprachen die drei miteinander und umarmten sich begeistert beim Abschied. Am nächsten Tag brachte Klaus, der junge Knecht, noch jemanden mit. »Mein Freund Karl, ein Schmied«, stellte er ihn vor. Auch Giorgios kam vorbei, und Ali machte Tee für seinen Sohn und dessen Freunde. Plötzlich fing er an zu weinen.

»Ich bin schon sehr alt«, sagte er bewegt, »und ich habe nicht mehr im Traum daran geglaubt, daß ich noch einmal einen solchen Tag erleben würde. Freunde, die zu Besuch in mein Haus kommen, genau wie früher! Gibt es denn etwas Schöneres als Freundschaft?«

Miteinander heckten sie einen tollen Plan aus. Als es dunkel wurde, schlichen Ali und Klaus in die Häuser der Dorfbewohner. Von Schlafzimmer zu Schlafzimmer sammelten sie alle Kartoffelbrillen ein, und weil die nordländischen Knechte immer ordentlich ihre Brillen auf den Nachttisch neben das Bett legten, hatten sie keine große Mühe damit. Bevor der Morgen dämmerte, hatten sie alle Brillen eingesammelt. In der Zwischenzeit waren Karl und Giorgios in die Palastkellerei eingestiegen und hatten kistenweise guten Wein und riesige Pakete Fleisch zum Marktplatz geschleppt.

Am nächsten Morgen suchten alle Dorfbewohner ihre Brillen, und bei der Suche bemerkten sie plötzlich, daß sie ohne ihre Kartoffelbrillen viel besser sehen konnten. Durch die Fenster konnten sie wieder richtigen Sonnenschein sehen, und als sie ihre Köpfe zum Haus rausstreckten, bemerkten sie endlich wieder einmal ihre Nachbarn und grüßten sie. Ein älterer Mann fauchte einen der Straßenführer wütend an, als der ihn unbedingt über die Straße führen wollte: »Was soll das, ich bin noch nicht so klapprig, daß ich nicht allein über die Straße gehen kann. Nehmen Sie bloß Ihre Finger weg.«

Die vier Freunde sahen die frohen Gesichter der Nordländer, die an diesem Morgen die Südländer wie lang vermißte Freunde grüßten.

»Heute abend feiern wir ein großes Fest. Ihr müßt alle kommen. Es wird genügend Wein und Essen geben«, riefen sie den Leuten zu.

Am Abend war der große Platz voller Menschen. Die Nachricht von dem Fest hatte sich in Windeseile verbreitet. Zur Freude aller gab es gebratene Kartoffelbrillen, Kartoffelbrillensalat und gegrillte Kartoffelbrillen, gutes Fleisch und viel Wein. Nordländer und Südländer tranken, sangen und waren fröhlich. Irgend jemand rief: »Jeder soll seine eigene Brille essen!«, und alle stimmten begeistert zu. Eine riesige Menschenmenge strömte zum Palast, um noch mehr Wein zu holen. Sie machte sich über die Hornbrillenträger im Palast lustig und tanzte und sang auf dem Weg.

Im Palast erschraken der König, seine Minister und alle Hornbrillenträger, denn sie hatten große Angst, daß auch sie ihre Brillen essen sollten, denn Hornbrillen schmekken weder gebraten noch gekocht, und so flüchtete der König mit seinem Gefolge aus dem Land.

Und wenn wir lange leben und unsere Kartoffelbrillen lieber braten statt sie zu tragen, dann werden auch wir einen solchen Tag erleben.

Das Abschiedsrätsel oder
Das Geschenk an die Homsianer

VIERTENS ...

Die Arbeit am Buch war beendet. Ich wollte das Manuskript gerade abschicken, als es leise an meiner Wohnungstür klopfte. Ich überlegte, wer das wohl sein könnte, und machte die Tür auf; ein kleiner, etwas beleibter fünfzigjähriger Mann stand vor mir und wischte sich schnaufend die Schweißtropfen von seiner Stirn.

»Sei gegrüßt, lieber Freund! Hätten wir in Homs die Treppen erfunden, dann hätten wir sie flacher gebaut«, sagte er und trat ein. »Ich bin der Bürgermeister von Homs. Du hast Gutes über uns berichtet, deshalb haben mich die Homsianer zu dir geschickt, um ein Geschenk von dir zu holen. So ist es Sitte bei uns. Wer lobt, hat davon Nutzen und muß sich dafür bedanken. Wir beschenken nur den Kritiker.«

Ich muß dem Leser gestehen, ich habe viele Sitten kennengelernt, aber so einer vernünftigen Sitte war ich noch nie begegnet. Meine Begeisterung darüber verführte mich zum Leichtsinn.

»Gut!« rief ich. »Ich werde dich nach einer Sitte in meinem Dorf drei Tage und drei Nächte bewirten. Du kannst ...«

»Das kannst du vergessen«, winkte der Bürgermeister ab. »Ich bin eine Märchenfigur. Ich lebe ohne Essen und Trinken. Bald bin ich bei vielen Menschen zu Gast. Du siehst, wir sind keine schlechten Händler. Aber widme uns das Buch!«

»Ich kann es nicht. Ich werde das Buch meinen Freunden Mahmud El-Haj und Dan Diner widmen.

Ich liebe sie einzeln und träume von ihrer gemeinsamen Zukunft.«

»Nicht schlecht, nicht schlecht«, brummte der Bürgermeister, seine Stimme klang aber unüberhörbar enttäuscht. Eine Weile schwieg er, als suchte er einen Weg aus der Sackgasse.

»Wie oft lesen die Leute deine Geschichten?« fragte er plötzlich. Sein Gesicht hellte sich auf.

»Wie soll ich es wissen? Vielleicht einmal oder auch zehnmal!«

»In Homs lesen wir die Geschichten dreimal: einmal zum Weinen oder Lachen, dann zum Nachdenken und das dritte Mal, um Verborgenes aufzuspüren. Führe die Sitte ein, daß die Leute die Geschichte über die Homsianer dreimal lesen!«

»Wie stellst du dir das vor? Soll ich etwa im Vorspann schreiben, lesen Sie diese Geschichte bitte dreimal?«

»Man merkt es, junger Freund, daß du seit langem nicht mehr im Orient lebst. Gib mir das Manuskript und lasse mich zwei Stunden damit allein.«

Ich gab dem Bürgermeister das Manuskript und ging in die Küche. In den letzten Tagen türmte sich mein Geschirr zu einem scheußlichen Kunstwerk. Nach einer Weile hörte ich den Bürgermeister in meinem Arbeitszimmer laut lachen, dann klapperte lange meine Schreibmaschine. Ich war gerade mit dem Spülen fertig, als der Bürgermeister in die Küche schaute und breit lächelte.

»Lebe wohl! Du brauchst den Lesern nur zu sagen, sie sollten die zweimal auftauchende unlogische Stelle in unserer Geschichte finden«, rief er und verschwand. Ich nahm das Manuskript und suchte das Neue in der Geschichte der Homsianer. Der schlaue Bürgermeister hatte aber weder Tipp-Ex noch Kugelschreiber benutzt. Er hatte die Geschichte neu getippt und die alte Fassung einfach mitgenommen. Ich las die Geschichte mehrmals und entdeckte erst beim dritten Mal an zwei Stellen die Unlogik einer Aussage. Aus Liebe zu den Homsianern möchte ich die Stellen so lassen, wie der Bürgermeister sie geändert hatte.

WO SIND SIE?

Rätsellösungen:

Erstes Rätsel: Die Null
Zweites Rätsel: Das Märchen und Die Liebe
Drittes Rätsel: Der Kaktus

Klassische Märchen sammlungen im dtv

dtv 5949

dtv 5948

dtv 5931

dtv 2050